Irmelin Sandman Lilius · Goldkronengasse

Irmelin Sandman Lilius

Goldkronengasse

Urachhaus

Die Übersetzung aus dem Schwedischen
besorgte Birgitta Kicherer
Umschlaggestaltung und Illustrationen
von František Chochola

CIP-Kurztitelaufnahme der Deutschen Bibliothek

Sandman Lilius, Irmelin:

Goldkronengasse / Irmelin Sandman Lilius.
Die Übers. aus d. Schwed. besorgte Birgitta Kicherer.
Umschlaggestaltung u. Ill. von František Chochola. –
Stuttgart: Urachhaus, 1985.
Einheitssacht.: Gullkrona gränd ⟨dt.⟩
ISBN 3-87838-418-1

ISBN 3 87838 418 1

Satz und Druck der Offizin Chr. Scheufele, Stuttgart

Inhalt

Die Geschichten aus der Stadt Tulavall
spielen in der Zeit um achtzehnhundertachtzig,
als Finnland noch nicht selbständig,
sondern ein russischer Vasallenstaat war.

1. Die dunklen Morgenstunden

Der Winter währte schon eine Ewigkeit, und es würde noch eine weitere Ewigkeit bis zum Frühling vergehen. Die Welt bestand nur aus schwarzer Finsternis und grauer Dämmerung, aus Schneematsch und neuem Schneefall, aus noch mehr Schnee und Kälte, an etwas anderes konnte man sich schon gar nicht mehr erinnern. Draußen vor der Stadt Tulavall reichte das Meer weiß und glatt bis an den Rand des Himmels.

Die Familie Halter wohnte in jenem Teil der Stadt, der »Torkeltanz« genannt wurde, da die Häuser und Straßen und alles dort in einem einzigen Schwung hinabgerutscht zu sein schienen, den sie, um nicht im Fluß zu landen, dann jäh abgebremst hatten. Manche Häuser waren dabei nach hinten gekippt, andere aufeinander gestürzt, und die Straßen und Gassen hatten sich ineinander verschoben, waren eng und holprig geworden.

Halters wohnten im Eckhaus Goldkronenstraße – Goldkronengasse, schräg unterhalb des Berges. Ihre Wohnung bestand aus einer Kammer und einer Küche. Das ganze Eckgrundstück mit allen Häusern darauf gehörte dem alten Poltersheimer. Sämtliche Häuser waren in schlechtem Zustand und reparaturbedürftig, da der Poltersheimer allzu geizig war, um sie ordentlich instand zu halten. Außerdem kaute der Alte Kautabak und sabberte dabei und roch auch noch schlecht. Dennoch wohnten viele Leute in seinen Häusern, da er keine hohen Mieten verlangte.

Im Winter wachte Sanna davon auf, daß Mutter Feuer im Herd anmachte. Mutter hatte eine besonders geschickte Hand dafür, bei ihr qualmte und schwelte das Feuer nur ganz selten. Als Sanna sie einmal deshalb lobte, entgegnete sie: »Ach was, das ist jetzt doch keine Kunst, seit es Streichhölzer gibt. Aber früher, als man sich noch mit Zunder, Feuerstein und Stahl abmühen mußte, da war es schwierig. An manchen Tagen war es so schwierig, daß man Kraftausdrücke und Beschwörungen zu Hilfe nehmen mußte.«

Es kam selten vor, daß Mutter so lange Reden hielt. Nachdem sie in der Küche Feuer gemacht hatte, ging sie in die Kammer und machte dort den Kachelofen an. Und Sanna schlüpfte rasch aus dem Bett und stellte sich mit beiden Füßen auf den Boden, bevor ihr richtig bewußt geworden war, wie warm und gemütlich es neben den Schwestern im ausziehbaren Küchensofa war. Sie zitterte vor Kälte, bevor sie die Strümpfe übergestreift hatte. Aber jeden Morgen, wenn sie Mutters Gesicht im Feuerschein sah, das schon am frühen Morgen so müde wirkte, und ihre kleine gebückte Gestalt, die einen so großen Schatten an die Decke warf, dachte sie, daß sie, wenn es Mutter auch nur eine kleine Hilfe sein könnte, immer versuchen wollte, morgens schnell aufzustehen.

Und dann schlüpfte sie geschwind in ihre Kleider und zog über alles den dicken Pullover.

Silja war auch wach, blieb aber mit geschlossenen Augen liegen, lächelte und zog die Decke bis ans Kinn hinauf. Gleich nach dem Aufwachen versuchte sie, ihre Gedanken vom vorhergehenden Abend wieder zu erwischen, Gedanken an Schlösser und verzauberte Füchse, oder sie spann an irgendeinem Traum weiter, den sie geträumt hatte. Dann angelte sie nach ihren Kleidern und zog sich, so gut es ging, unter der Decke an. Die kleine Sissela wollte jedoch überhaupt nicht aufwachen, sie schrie und schlug nach den anderen, dann rollte sie sich zusammen und drehte der Küche den Rücken zu. Aber das war nun einmal ihre Art, da konnte man nichts machen, und selbst wenn sie wütend war, war sie noch so süß wie eine spanische Feige.

Sanna stellte das Kaffeewasser und das Wasser für die Grütze aufs Feuer. Mutter achtete immer besonders darauf, daß sie morgens ordentlich aßen, da sie tagsüber unterwegs war, um bei anderen Leuten sauber zu machen, und für das Mittagessen daher oft wenig Zeit blieb.

Als der Tisch gedeckt war und die beiden kleineren Mädchen das Bett gemacht und den Sofadeckel zugeklappt hatten, klopfte Sanna mit dem Besenstiel gegen die Decke. Gleich darauf hörte man es auf der Dachbodentreppe poltern, und Stefan kam herunter. Stefan ging nicht mehr zur Schule. Er hatte eine Schusterlehre, eine Schreinerlehre und eine Malerlehre angefangen, aber alles wieder aufgegeben, da ihm solche genaue Kleinarbeit nicht lag. Jetzt war er in August Hoppes Laden angestellt, und sie hofften alle, daß er es wenigstens den Winter über dort aushalten würde. Er aß schnell und zerstreut und seufzte dabei, und seine dunklen Wimpern warfen Schlagschatten auf seine Wangen. Als er fertig gegessen hatte, nahm er seine Mütze und stolperte hinaus. Die Mädchen wußten, daß sein Bett oben auf dem Dachboden ungemacht war, und keine von ihnen hatte Lust hinaufzuklettern, um es ihm zu machen.

Übrigens waren sie jetzt vollauf damit beschäftigt, sich zu frisieren. Siljas Haare waren hell und strähnig wie trockenes Schilf; Sanna und Sissela hatten dunkelbraune, wellige Haare. Sie halfen sich gegenseitig, den Scheitel zu ziehen, und flochten ihre Zöpfe so ordentlich und straff wie möglich.

Drinnen in der Kammer begann Vater zu singen; jeden Morgen sang er dasselbe sausende, wortlose Lied. Die Mädchen lauschten mit ernsten Gesichtern. Ihr Schicksal unterschied sich von dem anderer Kinder. Das Schicksal ihrer Familie unterschied sich von dem anderer Familien, und das hatte mit ihrem Vater zu tun. Früher war er Bootsmann auf dem Dreimaster »Gedda«, der Hecht, gewesen, aber als Sissela noch ganz klein war, war er mit einem Loch im Kopf aus dem Ausland nach Hause gebracht worden. Er war lange krank gewesen, und seither war er etwas eigen. Er mußte gepflegt und versorgt werden. Normalerweise sprach er kaum, und hinausgehen wollte er auch fast nie. Eine richtige Arbeit konnte er nicht mehr ausüben, nur noch mit großem Geschick Netze flicken und knüpfen, und damit beschäftigte er sich mitunter in seiner Kammer.

Und dann erzählte er Märchen.

Er hatte damit angefangen, nachdem er sich von dem Unfall erholt hatte. Die Mädchen vermuteten, daß ein Teil seiner Seele durch das Loch im Kopf hinausgeflogen war und jetzt sowohl in dieser Welt als auch in allen möglichen anderen Welten umherschwebte, wo sie sich frei bewegen konnte, ohne den schweren Körper mitschleppen zu müssen. Und die Dinge, die seine Seele erlebte und sah, konnte der Halters-Vater in allen möglichen Geschichten wiedergeben.

Mutter wollte nicht, daß die anderen Leute davon erfuhren,

sie fürchtete sich vor dem herzlosen Gelächter. Und sie fürchtete sich auch fast ein wenig vor seiner Fähigkeit. Aber für die Mädchen war diese seine Gabe ein herrliches Geheimnis und ein großer Schatz. Er erzählte ihnen oft von drei Prinzessinnen, die in jener unsichtbaren Welt lebten, die der unseren so ähnlich ist und die ganz in der Nähe liegt: Sie hießen Merula, Mira und Marinina. Manchmal erwähnte er auch einen König, der in einen Vogel verwandelt war. Aber von einer Königin oder einem Prinzen erzählte er nie etwas.

Die Mädchen aßen ihr Frühstück, pulten Kleie aus der Grütze und kauten Brot mit Hagebuttenmus. Sie hatten im letzten Herbst viele Hagebutten gepflückt, aus denen Mutter Mus gekocht hatte. Die beiden gegenüberliegenden Küchenfenster glänzten schwarz und voller Spiegelbilder. Mutter war in der Kammer, sie half Vater aus dem Bett und beim Anziehen und sprach dabei mit leiser, eintöniger Stimme.

In der Kammer hatten sie ihre schönsten Sachen stehen, um dem Vater ein geschmücktes Nest zu bereiten. Dort bewahrten sie alles auf, was er vor dem Unfall aus dem Ausland mitgebracht hatte: die Kampferkiste und die Schnecken und das Tablett mit den Einlegearbeiten aus Perlmutt und die geschnitzten Figuren aus schwerem, dunklem Holz, die er aus Ostindien mitgebracht hatte. Alles Dinge, die er gern anschaute. Der Schreibsekretär stand dort, vor dem Fenster hingen Spitzenvorhänge an einer goldenen Vorhangstange, und alle Topfpflanzen und gerahmten Fotos waren in der Kammer aufgestellt. Auch das Bild von dem Dreimaster »Gedda«, das Vater vor langer Zeit selbst gemalt hatte, hing dort an der Wand. Den Kachelofen und die Türe hatte er auch bemalt, mit blühenden Obstbäumen, hinter denen schneebedeckte, feuersprühende Berge hochragten, und mit Tigern, die zwischen Goldapfelbäumen und Rosenbüschen auf einer Wippe saßen und schaukelten.

Die Küche dagegen war kahl, dort befanden sich nur die allernotwendigsten Möbel und Haushaltsgeräte und ein Regal für die Sachen der Mädchen.

Sie stippten ihre Hagebuttenmusbrote in den Kaffee. Der Feuerschein strömte über den Tisch, und es wurde allmählich wohlig warm, aber jetzt mußten sie in die Schule. Sie stellten ihre Teller und Tassen auf den Spültisch, zogen sich an und wickelten sich fest in ihre Tücher, dann nahmen sie ihre Bücher und riefen einen Abschiedsgruß in die Kammer hinein.

Draußen nahmen sie sich an den Händen. Sanna stellte sich auf die Zehenspitzen und klopfte bei Blombachers an das Fenster. Gleich darauf preßte Rosmarie ihr Gesicht an die Scheibe und schaute durch ihre vor den Schläfen gewölbten Hände heraus, dann schüttelte sie den Kopf und verschwand wieder. Blombachers waren morgens immer später dran. Es lohnte sich nicht, auf sie zu warten.

In der Goldkronenstraße schippte Donhoffs Kalle den Schnee beiseite, der über Nacht gefallen war. Es war Aufgabe des Hausbesitzers, die Straße schneefrei zu halten, und der Poltersheimer hatte Donhoffs Kalle dafür einen Teil der Miete erlassen. Die Mädchen wünschten einen guten Morgen und eilten rasch vorbei. Er hob die Hand an seine Mütze aus Hundefell, die voller kahler Stellen war, und rülpste zur Antwort.

In der Dunkelheit und bei all dem Schnee sahen die engen Straßen von Torkeltanz fast wie Felsschluchten aus und die Häuser wie Felsen und Riesenfindlingsblöcke. In vielen Fenstern brannte schon Licht, und Funken wirbelten aus den Schornsteinen heraus. Es roch nach Pferdemist, Rauch und leckerem Brathering. Und nach Tabak. Arbeiter mit derben Stiefeln und in die Stirn gedrückten Pelzmützen kamen durch den Schnee geknarrt. Ihre Stimmen hallten zwischen den Häusern: »Ja, ja. So ist es eben...«

Weiter oben in der Straße schob die Katzenpatronin ihre Tür einen Spalt weit auf. Ihre beiden Katzen kauerten draußen im Schnee und ließen sich trotz all ihrer Lockrufe nicht dazu bewegen, ins Haus zu kommen.

Der Schornsteinfeger Blomander stand an einer Ecke und unterhielt sich mit einer kleinen Frau, die ein Schultertuch eng um sich geschlagen hatte. »Du hast das Recht zu erfahren, was er tatsächlich als Zeuge ausgesagt hat!« »Ach ja, ich will ja keinem Menschen Scherereien bereiten, aber schlimm ist es doch, wenn man wegen einer Sache beschuldigt wird, die man gar nicht getan hat«, antwortete sie, den Tränen nahe. »Und Andman ist in letzter Zeit so verärgert, daß er nichts sagt.«

An der Ecke der Roßtäuschergasse lag der schwarze Hund Bella oben auf einem gewaltigen Schneehaufen und bewachte alles Kommen und Gehen. Er begrüßte die Mädchen mit Gebell, allerdings nur mit einem kurzen, da sie ja alte Bekannte waren.

Bonadea kam die Bettlergasse entlanggeschlittert, ihre Haare flogen ihr ins Gesicht, und das kleine schwarze Huhn flatterte eifrig hinterher. Bonadea war mit allen im Städtchen bekannt. Sie war aus einem Heim weggelaufen, in dem sie sein mußte, weil sie keine Eltern mehr hatte, und lebte nun ganz allein mit ihrem schwarzen Huhn auf einem Dachboden. Wenn Bonadea sprach oder lächelte, huschten feine kleine Grübchen und Schatten um ihre Mundwinkel, die aber immer rasch wieder verschwanden, ehe man sie richtig gesehen hatte. Die Halters-Mädchen bewunderten sie, daß sie überhaupt nie zu frieren schien. Und Bonadea ihrerseits bewunderte die Halters-Mädchen, die immer zusammenhielten.

Heute hatte sie es eilig und konnte die Mädchen nicht zur Schule begleiten. Aber Sanna hatte noch etwas mit ihr zu besprechen.

»Ich nehme den unteren Weg«, sagte sie zu Silja und Sissela, dann steckten Bonadea und sie die Köpfe zusammen und verschwanden hinter einem Bretterzaun.

Da rutschte Sissela aus und fiel hin und stieß sich das Schienbein an. Sie begann zu weinen. Silja half ihr wieder auf die Beine und bürstete den Schnee von ihr ab. Sie trocknete ihre Wangen mit den Handschuhen und dem Rocksaum, und als die Kleine nicht gehen konnte, nahm sie sie auf den Rücken und trug sie den restlichen Weg.

2. Der leuchtende Wald

Silja ritt durch einen Kupferwald. Die Baumstämme ringsum waren dunkel und schimmerten bläulich, wie die kleine Kaffeekanne, die werktags nicht benützt wurde; das Moos und das Gestrüpp auf dem Boden waren grün wie Grünspan. Über ihr flüsterte und säuselte das Laub des Waldes, lebendig und sanft, aber dennoch war es aus echtem wunderschönem Kupfer. Die Blätter gaben einen gedämpften Klang von sich, wenn sie sich berührten.

Sie wollte lange, lange im Kupferwald bleiben, doch als er aufhörte und sie in den Silberwald kam, war es dort noch schöner. Der Boden war von einer Flechte bedeckt, die an die Rentierflechte erinnerte, aber noch kräftiger leuchtete. Die Baumstämme waren gefurcht und gewunden wie am Silvesterabend gegossenes Zinn. Die Blätter im Silberwald waren klein und dünn, wie Fischschuppen, nur länglich, und sie hatten einen helleren Klang als die Blätter im Kupferwald. Das Licht, das durch das Laubwerk herunterströmte, tanzte ohne Schatten auf dem Waldboden.

Dann kam Silja in den Goldwald, und jetzt wußte sie, daß auch dieser aufhören würde. Daher begann sie sehr langsam zu reiten. Den Goldwald sah sie nicht so klar, er veränderte sich vor ihren Augen, wurde mal dunkel, mal hell, dann wieder verschwommen, um im nächsten Augenblick klar und deutlich zu erscheinen. Die Musik der Blätter war das Schönste, was sie je gehört hatte, und ließ sich mit nichts vergleichen. Der Ziegenbock, auf dem sie ritt, leuchtete ebenfalls golden, sie tätschelte ihm den Hals und sagte: »Ich werde dich nie verlassen, für keinen Prinzen der Welt, und übrigens sind alle Prinzen, von denen ich gehört habe, so dumm gewesen, daß sie ihre Braut nur an den Kleidern erkannt haben.« Da blieb er stehen und wandte den Kopf, und sein schmales Gesicht mit der gebogenen Nase sah beinahe menschlich aus. Sie blickte in seine klugen Goldaugen. Doch im selben Augenblick kam ein Wind auf, der Wald wurde dunkel, und sie begriff, daß die Gefahr, die in allen drei Wäldern verborgen gelauert hatte und vor der sie sich hüten mußte, jetzt über sie hergefallen war.

»Lauf, lauf!« rief sie und packte das Zottelfell mit festem Griff. Doch da wurde es ringsum ganz schwarz.

Sissela lag neben ihr. Im Küchensofa. Das Feuer knisterte im Herd, und Sanna war soeben aufgestanden. Die tanzenden Feuerscheinflecken an der Decke erinnerten fast an Laub, sie waren ebenfalls zipfelig und flach.

»Raus mit euch!« sagte Sanna. Sissela stieß einen Jammerlaut aus. Und so hatte dieser Tag begonnen.

Das Wetter war ganz still und klar. Die meisten Sterne hatten sich schon verzogen, aber über dem Meer, wo der Himmel grün leuchtete, war der hellste Stern wie ein bebender Tautropfen hängengeblieben. Die Mädchen hielten kurz oben auf dem Wachberg an und schauten zu ihm hinüber, bevor sie ihren Schulweg fortsetzten und auf der anderen Seite hinuntergingen.

An diesem Tag bat die Lehrerein Sanna und Silja, nach Ziegenhausen hinauszugehen, um die Bäuerin dort, die so tüchtig nähen und sticken konnte, zu fragen, ob sie in der nächsten Woche irgendwann einmal in die Schule kommen und Nähunterricht geben könne. Sanna sagte ja, aber als der Unterricht zu Ende war, kam sie bekümmert zu Silja.

»Ich kann doch nicht mitkommen. Ich muß Mutter helfen, den Wäscheschlitten zum Waschhaus hinunter zu ziehen. Heute wäscht sie doch für Frau Junia.«

»Das macht nichts. Ich gehe trotzdem«, sagte Silja. »Ich kann ja Sissela mitnehmen.«

»Schafft sie das denn?«

»Klar«, versicherte Sissela und streckte sich, um groß zu wirken.

Hand in Hand gingen sie den Weg entlang. Die Sonne würde noch mindestens eine Stunde lang am Himmel stehen, und die Schatten glitten stumm und blau unter ihren Füßen hervor. Unter ihren Stiefeln knarrte der Schnee.

»Bei diesem Wetter könnte man sich nicht leise davonschleichen«, sagte Silja. »Ein Glück, daß wir nicht verfolgt werden, wie das Mädchen in dem Märchen, das Vater uns gestern erzählt hat.«

Sissela sah sich nach allen Richtungen um. Hinter ihnen stiegen die Rauchsäulen der Stadt gerade in den Himmel hinauf. Vor ihnen funkelten weiße Felder, vom Hohlsaum der Zäune geschmückt. Weiter hinten tauchten die Häuser von Ziegenhausen und Jöran schmal auf und leuchteten erdbeerrot gegen den Schnee.

»Nein, ich sehe niemanden, der hinter uns her ist«, stellte sie zufrieden fest. Und nachdem sie noch ein Stückchen gegangen waren, und das Knarren des Schnees eintönig zu werden begann: »Erzähl mir ein Märchen.«

»Es waren einmal zwei Gespenster«, begann Silja sofort. »Ein schwarzes und ein weißes. Sie hießen Lurifax und Murimax und waren gut befreundet. Eines Nachts sahen sie einen Stern fallen, und da liefen sie sofort zur Polizei, um es zu berichten, und die Polizei sagte, daß jemand stirbt, wenn ein Stern fällt.«

»Weil man den Stern dann auf den Kopf bekommt?« wollte Sissela wissen.

»Ich weiß nicht«, antwortete Silja zögernd. »Auf jeden Fall ging plötzlich die Tür auf, und herein kam Maja-Lena und sagte: ›Kätners-Anna ist tot! Morgen ist die Beerdigung, alle sind herzlich eingeladen!‹ Und Fax und Max – sie wurden immer nur Fax und Max genannt – riefen sofort: ›Dürfen wir auch mitkommen?‹ Und das durften sie. Und am nächsten Morgen standen sie früh auf und zogen ihre schönsten Mäntel an, der eine war schwarz und der andere weiß. Aber als sie in der Kirche waren, spielte die Orgel so schön, daß sie einfach tanzen mußten.«

»Wurden sie dann hinausgeschickt?«

»Ja, vom Mesner. Und da wurden sie schrecklich wütend. Sie nahmen ein Kissen und stopften es voll mit Nadeln und Stiften und Nägeln und Brennesseln, und zum Schluß steckten sie noch ein wenig Wolle hinein und bezogen es mit Seide und schickten es dem Mesner als Entschuldigung. Und der wollte das neue Kissen sofort ausprobieren und legte seinen Kopf darauf, aber da platzte die Seide, und er verbrannte und zerstach sich seinen armen Kopf, daß er rot und blau wurde. Er befahl, daß man Fax und Max festnehmen sollte, und da rannten sie und rannten und rannten...«

»Aber Gespenster kann man doch nicht fangen?« fragte Sissela.

»Nein, nein«, sagte Silja beruhigend. »Als alle Männer und Polizisten müde waren, kehrten sie wieder nach Hause zurück, aber Fax und Max liefen weiter. Sie waren zwar auch müde, aber nicht so müde wie die Menschen, und als sie in einen Wald kamen, setzten sie sich auf einen Baumstumpf, um sich auszuruhen. Aber in dem Baumstumpf wohnten Ameisen!«

»Gut, dann bekamen sie ihre Strafe...«

»Die Ameisen bissen Fax und Max so sehr, daß sie ins Krankenhaus mußten. Die Elfen hatten nämlich ein Krankenhaus im Wald. Und als Fax und Max wieder gesund waren, heiratete jeder eine kleine Elfenkrankenschwester und führte ein glückliches Leben mit ihr, und wenn sie nicht gestorben sind, dann leben sie noch heute, und jetzt mußt du etwas erzählen.«

»Ich habe kalte Zehen«, klagte Sissela. »Wäre es nicht kürzer, wenn wir einfach über die Äcker gingen? Neben der Skispur?«

Sie verglichen die lange Wegbiegung mit der geraden blauen Spur. Dann kletterten sie über die Schneewehen am Wegrand und plumpsten und stapften, bis sie auf den festgefrorenen Schnee kamen, der sie trug. Dort faßten sie sich wieder an den Händen.

»Na?« fragte Silja.

»Also, es war einmal ein kleines Gespenst«, begann Sissela und streckte ihre Stupsnase in den Himmel. »Das Gespenst war grau. Und es wohnte in den Mitternachtsbergen. Mit einer Tante. Und mit einer Porzellankatze. Und mit einer Schlange, die so grün war, daß sie Erbsensuppe daraus machten. Dort gab es so schlimme Wirbelstürme, wie Donhoffs Kalle sie in Amerika erlebt hat, und ihr Haus wurde ziemlich oft weggeblasen. Jeden Donnerstag.«

»Wo wohnten sie denn dann?«

»Sie hatten ein Zelt, das sie aus dem Rock der Tante gemacht hatten, und immer, wenn das Haus weg war, wohnten sie darin. Aber der Wirbelsturm brachte das Haus auch wieder zurück, da brauchten sie sich keine Sorgen zu machen. Wirbelstürme wirbeln ja immer im Kreis herum, hat Kalle gesagt.«

Silja war sehr zufrieden mit ihrem Märchen gewesen, und als Sissela von einer Abkürzung zu sprechen begann, als sie eigentlich mit Erzählen an der Reihe gewesen wäre, hatte Silja vermutet, sie wolle sich nur drücken. Aber jetzt gab sie Sisselas kleiner Fäustlingshand einen bewundernden Druck.

»Und dann?«

Sissela begann zu kichern.

»Die Porzellankatze stotterte nämlich. Und als sie gefragt wurde, wie sie hieß, sagte sie: ›Ich heiße Po-po...‹«

»Aber Sissela«, sagte Silja sofort, wie es sich gehörte. Sissela lachte hemmungslos. Silja verzog den Mund. Dann lachten sie alle beide so sehr, daß sie stehenbleiben mußten, um sich gegenseitig zu stützen.

»Aber Mutter darfst du das nie erzählen!« ermahnte Silja.

»Nein, bestimmt nicht«, versprach Sissela rasch. »Aber Bonadea...?«

Bevor Silja antworten konnte, kam ein ganzer Schwarm Schneebälle angesaust. Die meisten landeten im näheren Umkreis, aber ein paar trafen sie auf der Brust und am Bauch. Die Schneebälle waren eisig und hart. Silja blickte wild umher. Sie waren jetzt auf der Ziegenhausener Kuhweide angelangt, wo überall große Steine verstreut lagen. Sie packte Sissela und schleifte sie hinter den nächsten großen Stein.

»Was war denn das?« flüsterte Sissela erschrocken.

»Ich werde einmal nachschauen.« Silja begann auf den großen Stein hinaufzukriechen. Sie kroch und krabbelte, trat mit den Füßen und zog mit den Händen. Nichts war zu sehen. Als sie oben angelangt war, hob sie den Kopf. »Buben«, berichtete sie dann zu Sissela hinunter. »Ganz normale Buben. Dort hinten bei den anderen großen Steinen.«

Sie verstummte, da sie etwas Seltsames auf sich zukommen sah, ein weißes rundes Etwas – wie ein Wintervollmond am hellichten Tag. Das runde Ding war dicht vor ihren Augen, sie konnte es ganz deutlich sehen. Dann verschwand die ganze Welt mit einem blendenden Knall, und sie taumelte rückwärts vom Stein herunter. Völlig hilflos lag sie im Schnee, schnappte nach Luft und glaubte, sie sei verzaubert worden – irgend jemand hatte ihr mit Hörnern ins Gesicht gestoßen!

Aber Sissela, die gesehen hatte, wie Silja von einem Schneeball getroffen worden war, und die jetzt sah, wie Siljas Nase blutete, bis die Blutstropfen in all dem Weiß rot leuchteten, wurde von einem solchen Zorn gepackt, daß sie hinter dem Stein hervorstürzte und so schnell ihre kurzen Beine sie trugen schnurstracks auf den Feind losrannte. Die ganze Bubenschar kam ihr jetzt entgegen. Sie warf sich sofort auf den größten Jungen, und als sie ihn wiedererkannte, schrie sie: »Aber Knut, du! Aber *Knut!*« während sie aus Leibeskräften auf ihn eindrosch.

Hoch oben über ihrem Kopf lachte er ein bißchen und fing ihre Schläge mit seinen großen Fausthandschuhen auf.

»Du legst ja los wie ein richtiger Kosake!« sagte er freundlich. »Wieso haben sie eine so kleine Person wie dich überhaupt mitgenommen?«

Sie begriff überhaupt nichts.

»Kommt mit und seht euch an, was ihr angerichtet habt!« schrie sie und führte die Schar zurück zum Stein, wo Silja verwirrt weinend saß und zu verhindern suchte, daß das Blut auf ihre Kleider tropfte.

»Ist außer euch niemand da?« fragte Knut, kniete neben Silja hin und zog seine Handschuhe aus. Dann bog er ihren Kopf nach hinten und rieb ihr das Gesicht mit Schnee ab. Er preßte einen Schneeball zusammen, den er ihr auf die Nase legte. Die anderen Jungen begannen sich grinsend zu unterhalten.

»Geht ins Lager zurück«, befahl Knut. »Ich werde die Spione selbst verhören.«

»Spi-hi-hione?«

»Selbst Spion!« schrie Sissela und stampfte. Ihre braunen Augen waren immer noch schwarz vor Zorn, und ihr Mund war eine einzige straffe Linie.

»Hat man euch denn nicht aus der Stadt hierhergeschickt?« begann er das Verhör.

»Doch...«

»Um uns nachzuspionieren und unsere geheime Festung herauszufinden?«

»Nein, gar nicht«, flüsterte Silja mit ängstlicher, tränenerstickter Stimme. »Die Lehrerin hat uns geschickt... zu deiner Mutter... ob sie uns nächste Woche Handarbeitsunterricht geben kann...«

»Aber warum seid ihr dann nicht auf dem Weg geblieben?«

»Uns war es kalt. Und so war es kürzer.«

»Ihr habt also nichts mit den Kartoffeljägern zu schaffen?«

»Nein, überhaupt nicht«, versicherte Silja. Langsam begann sie zu verstehen. Der Verein der Stadtbuben nannte sich Kartoffeljäger. Und die Vereinigung der Landbuben nannte sich die Trontenhornbläser. Und beide lagen natürlich in ständigem Streit. »Die lassen doch sowieso keine Mädchen mitmachen«, sagte Silja. »Bist du ein Tronter?«

Er nickte stolz. »Ich bin der Hauptmann der Trontenhornbläser. Da ihr unschuldig seid, werde ich euch selbst durch unsere Linien begleiten. Aber ich verhänge die Schweigepflicht über euch. Verstanden?«

Sie nickten.

»Übrigens«, sagte er, während er Silja auf die Beine half und ihr vorsichtig den Schnee von den Kleidern abklopfte, »wenn ihr irgendwelche Geheimnisse der Kartoffeln herausbekommt, könnt ihr herkommen und sie uns berichten. Könnt ihr pfeifen?«

Sie nickten wieder.

»Wenn ihr kommt, müßt ihr so pfeifen, damit ich weiß, daß ihr es seid: hü-hü-hiooo...«

Er ging vor ihnen den Hang hinauf, durch ein offenes Gatter und über den Hinterhof. In der Haustür blieb er stehen und schrie, bevor er sich umdrehte:

»Mutter, hier kommt Besuch aus der Stadt.«

Die Ziegenhauserin, Knuts Mutter, lamentierte, als sie Silja sah und wischte ihr das Gesicht mit einem Handtuchzipfel ab. Dann forderte sie die beiden Mädchen auf, ihre Mäntel auszuziehen und sich hinzusetzen. Sie schenkte ihnen Kaffee ein und tischte Gerstenbrot mit Butter auf und wollte ihnen die Stiefel ausziehen, um sie zum Trocknen aufzustellen. Aber das wollte Silja nicht – ihr war nämlich eingefallen, wie häßlich ihre Strümpfe gestopft waren. Sie wußte nicht einmal, ob sie überall dort gestopft waren, wo sie es sein sollten. Sie blinzelte Sissela heftig zu und sagte, es genüge schon, wenn sie die Füße vor das Feuer halten dürften.

Dann richtete sie ihren Auftrag aus, und die Ziegenhauserin begann sich gleich zu zieren: »Na, was soll an meinem Können schon so besonders sein! Na, als ob sie in der Stadt nicht geschicktere Näherinnen hätten!«

Die ganze Zeit war es jedoch klar, daß sie kommen würde, und schließlich sagte sie, am Donnerstag, wenn das Wetter nicht zu schlecht sei, denn dann werde sie am Freitag kommen, und wenn auch am Freitag schlecht Wetter sei, werde sie Knut oder eine der Mägde mit einer neuen Vereinbarung schicken.

Sehr langsam, mit kleinen, feinen Bissen, aßen die Mädchen noch ein Butterbrot. Die gewaltige Standuhr in der Ecke tickte nachdenklich. Die-Zeit-ver-rinnt, sagte sie. Die-Zeit-ver-rinnt. Dann hustete sie und gab ein hartes Knacken von sich und schlug fünf. In den Küchenecken dämmerte es schon, und das Licht draußen hatte einen bläulichen Schimmer bekommen.

»Wir müssen uns jetzt auf den Weg machen«, flüsterte Silja. Doch da ertönte draußen Schellenklang, und die Bäuerin eilte ans Fenster, und plötzlich tauchte Knut wieder in der Türöffnung auf und schrie: »Der Onkel bringt die Heringe!«, und eine gewaltige, in Pelz gehüllte Gestalt trat über die Schwelle. Der neue Besuch begann zu husten, und das klang der Uhr so erstaunlich ähnlich, daß die Mädchen kichernd erwarteten, er würde gleich zu schlagen anfangen.

Der Onkel setzte sich ans Feuer und bekam Kaffee, und den Mädchen wurde auch noch eine Tasse eingeschenkt.

»Nun, was gibt's Neues in der Stadt?« erkundigte sich die Ziegenhauserin. Sie erwartete unterhaltenden Tratsch, über die Baronin Murrestern oder so, aber was sie zu hören bekam, war, daß Zollinspektor Arvid Andman heute morgen ermordet worden war, mitten auf der Straße erstochen!

Sie blieb mitten in der Küche stehen und sagte nur: »Nein!«

Ihr Bruder Groß-Knut leerte den Kaffee auf die Untertasse, pustete und schlürfte und erzählte dann alles, was er wußte. Er war zum Rummelstrand jenseits der Flußmündung gefahren und hatte dort wie abgemacht Fässer voller Heringe gekauft. Unten am Strand standen die Häuser der Fischer, weiter oben wohnten Bootsbauer und Seeleute. Und am hellichten Tag hatte jemand beim Zollinspektor ganz schwach an die Fensterscheibe geklopft, und als die Frauenzimmer nachschauten, sahen sie nur eine Hand, und da eilten sie hinaus und fanden den Inspektor völlig entkräftet im Schnee liegen. Seine Spuren führten vom Weg, der oberhalb der Häuser verläuft, herunter, er hatte sich nach Hause geschleppt, und die gefrorene Schneekruste hatte ihn über den tiefen Schnee getragen. Dann hatte er ein kleines Eisstückchen erwischt, und da der Schnee hinter dem Haus so hoch war, hatte er mit ausgestrecktem Arm im Liegen mit dem Eisenstückchen gegen die Scheibe scharren können. Aber er verblutete rasch, der Stich war tief. Das einzige, was er noch herausbrachte, war: »Krulle... Krulle...«

Daher glaubten jetzt manche Leute, der Zollgehilfe Krulle sei der Mörder, vor allem, weil er seither verschwunden war und niemand ihn gesehen hatte. Aber andere glaubten, Andman und Krulle seien gemeinsam überfallen worden, jemand habe Andman erstochen und Krulle habe versucht, ihn zu verteidigen und habe sich dann allein auf die Suche nach dem Mörder gemacht.

»Ja, ja, Zöllner haben viele Feinde«, sagte die Ziegenhauserin ganz still. »Das ist ja ganz natürlich. Schließlich haben sie strengen Befehl, Leute festzunehmen.«

»Jetzt müssen wir gehen«, sagte Silja. Sie und Sissela bedankten und verabschiedeten sich und wickelten sich fest in ihre Mäntel und Tücher. Die Hausfrau und ihr Bruder waren so in ihr Gespräch vertieft, daß sie die beiden Mädchen kaum bemerkten.

Niemand war zu sehen, als sie hinauskamen. Im Stall war Licht, dort hielten sich Knut und die übrigen Jungen auf. Undeutliches Stimmengewirr war zu vernehmen.

»Diesmal gehen wir den Weg entlang, vielleicht kommt jemand, bei dem wir mitfahren dürfen«, sagte Silja und versuchte, so breit und ruhig wie Groß-Knut zu sprechen. Sissela antwortete nicht, drückte nur ihre Hand.

Inzwischen war es kälter geworden, und der Schnee knarrte nicht nur, sondern kreischte bei jedem Schritt, den sie machten. Der Mond war beinahe voll. Frostfunken flogen über den Schnee und glitzerten in allen Bäumen. Im Südwesten erstreckte sich ein Gürtel aus flammendem Rot längs des Horizonts, mit einem gelben Band darüber, und über dem gelben Band lief ein meergrüner Streifen.

»Es ist nur gerecht«, sagte Silja, nachdem sie eine Weile gegangen und auf die Ebene hinuntergekommen waren, »daß der Himmel im Winter, wenn die Erde weiß ist, prächtiger ist als im Sommer, wenn auch die Erde bunt ist.«

»Im Winter wäre ich am liebsten im Himmel«, sagte Sissela. Die Haut unter ihrer Nase war rauh und brannte.

Sie stapften weiter.

»Irgendwann werde ich zur Insel der Albatramseln fahren, um nachzusehen, ob es stimmt, daß sie beim Fliegen in der Luft sitzen und sich vorwärts rudern.«

»Ist es dort warm?« fragte Sissela kläglich.

»O ja«, beteuerte Silja so ermunternd wie möglich. »Ich glaube, meine Gespenster Fax und Max reisen auch dorthin...«

»Ich will jetzt *nichts* von Gespenstern hören«, unterbrach Sissela sie.

Sie stapften weiter.

Sie stapften voran, und ihre Schatten huschten mühelos nebenher und brachten die Frostfunken für kurze Augenblicke zum Erlöschen, wie wenn man mit der Hand über die Augen fährt. Sie stapften und stapften. Bei der Wegkreuzung, wo es zu Grusas und nach Schönhügeltal ging, sagte Silja: »Jetzt ist es nicht mehr weit.«

Sissela seufzte.

Nun konnten sie die Lichter der Stadt sehen, einen ganzen Schatz aus verstreuten glühenden Körnern im Schnee.

»Jetzt ist es nicht mehr weit«, wiederholte Silja. Sie hielt Sissela fest an der Hand und zwang sie, schnell zu gehen. Sie war froh, daß sie Sissela mitgenommen hatte, hatte aber gleichzeitig ein schlechtes Gewissen, weil ihr nicht klar gewesen war, daß der Weg nach Ziegenhausen und wieder zurück viel zu weit für eine so kleine Person war, der außerdem noch das Schienbein schmerzte. Sie hätte allein gehen sollen. Doch bei diesem Gedanken erschauerte sie. Sie waren jetzt beim Galgenhügel angekommen, der sich wie ein Tier mit einem zottigen Fell aus schwarzen Kiefern in den Schnee duckte. Und da mußte sie an Wölfe denken, obwohl es Jahrzehnte her war, daß Wölfe hier in der Gegend gesehen worden waren. Aber Base Preiselbehr hatte erzählt...

Sie stapften weiter.

»Da ist jemand«, sagte Sissela.

Sie blieben jäh stehen.

Irgend etwas bewegte sich in dem trügerischen Mondlicht. Sie bekamen so heftiges Herzklopfen, daß es durch den ganzen Körper dröhnte, bis in die Fingerspitzen hinaus. Irgend etwas Dunkles glitt auf sie zu und wuchs und versperrte ihnen den Weg.

Dann erklang das vertraute Kreischen des Schnees unter stapfenden Füßen. Sie sahen einen Mann in Stiefeln und Lederjacke auf sich zukommen.

»Guten Abend, ihr kleinen Herrschaften«, sagte er. Seine Stimme klang heiser, und er sprach den singenden Dialekt, der draußen auf den Inseln üblich war und der so an Wellengang erinnerte. »Ihr habt wohl nicht zufällig ein Streichholz dabei?«

Silja sagte nein. »Aber fragen Sie doch in Ziegenhausen, wenn Sie dort vorbeikommen«, schlug sie vor.

»Kommt ihr von so weit her?« sagte er, und als er den Kopf bewegte, fiel das Mondlicht auf sein Gesicht. Die Mädchen erkannten seine zusammengewachsenen Augenbrauen und das Grübchen in seinem Kinn, sie hatten ihn oft unten im Hafen gesehen.

»Ja, wir mußten dort etwas ausrichten und jetzt sind wir auf dem Heimweg«, erklärte Silja.

»Habt ihr denn keine Angst, so alleine?«

»Nein, gar nicht«, versicherte Sissela. »Aber als Sie hinter den Bäumen dort hinten hervorkamen, glaubten wir zuerst, Sie wären der Mörder.«

»Psst«, sagte Silja verlegen und zupfte sie am Arm.

Der Mann lachte ein wenig. »So, so, ihr habt die Neuigkeit also auch schon gehört. Merkwürdig, daß ein Unglücksgerücht so lange Beine hat. Ja, ich bin auch auf der Jagd nach dem Mörder, wie so viele andere, und hätte unterwegs gern ein Pfeifchen geraucht, um mich nicht so allein zu fühlen und um mir die Finger daran zu wärmen.«

»Ja, es ist kalt«, sagte Silja mit einem altklug höflichen Seufzer.

Er wühlte in der Tasche seiner Lederjacke und holte zwei ekkige schwarzbraune Stückchen heraus, die er Silja und Sissela in den Mund steckte. Es war Seemannslakritze.

»Ihr braucht keine Angst vor dem Mörder zu haben«, sagte er. »Ich habe gut aufgepaßt, von hier bis zur Stadt war kein Mensch unterwegs.«

»Danke«, sagten die Mädchen, knicksten artig und zogen weiter. Die Seemannslakritze war so betäubend stark, daß ihnen der Speichel im Mund zusammenlief. Sie mußten die ganze Zeit schlucken. Aber vor Schreck war ihnen warm geworden, und das anschließende Plauderstündchen hatte sie beruhigt, die restliche Wegstrecke fiel ihnen jetzt ganz leicht.

3. »Alle Welt wundert sich«

Abends fielen Sissela immer die besten Sachen ein. Wenn die anderen eingeschlafen waren, konnte sie noch lange wach liegen und in die Dunkelheit hinausschauen, an alles mögliche denken und vielleicht still vor sich hinsummen. Sie lag ganz innen am Sofarücken, und neben ihr lagen ihre beiden Puppen: Klein-Anni und Klein-Sven.

Vor langer Zeit war Klein-Anni eine richtige feine Herrschaftspuppe gewesen. Ihr Körper war aus Stoff, mit einer dünnen Taille, und ihre Beine steckten in echten angenähten Seidenstrümpfen. Früher hatte sie einen Kopf und Hände aus Porzellan gehabt, das hatte Mutter erzählt, aber jetzt waren die Hände nur braune Lederstücke, mit Stichen, die die Finger andeuteten, und der Kopf war aus Zelluloid. Klein-Anni war so lang wie Sisselas Unterarm und mindestens dreißig Jahre alt. Klein-Sven war nicht größer als Sisselas Hand. Er war weiß und dick und ganz aus Porzellan, mit gemalten Kniestrümpfen und kleinen Schuhen. Seine Arme und Beine waren beweglich und mit Draht, der durch seinen Körper hindurchging, befestigt. Er hatte gelbe Porzellanhaare und blaue Augen und einen kleinen roten Mund und nur noch eine Hand.

Abends, wenn alles dunkel und still war, verwandelte sich Klein-Sven in ihren Freund und Zwillingsbruder und schlich sich mit ihr durchs Fenster in die Goldkronengasse hinaus und zum Hafen hinunter, wo Klein-Sven sein Boot liegen hatte... Oder hinauf zum Tulaburghügel, wo sein kleines Pferd weidete...

An diesem Abend, nachdem die beiden kleinen Mädchen den langen Weg nach Ziegenhausen und zurück gegangen waren, schlief Sissela sofort ein. Aber mitten in der Nacht wachte sie auf.

Der Mond stand im Süden und schien hell und klar in die Goldkronengasse hinunter, aber in Halters Küche war es dunkel. Sissela tastete oben neben ihrem Kissen, bis sie Klein-Sven erwischte, der ohne Decke geschlafen hatte und ganz kalt geworden war. Sie schob Siljas Zopf beiseite, der sie kitzelte, und begann sich mit Klein-Sven zu unterhalten.

»Wollen wir heute nacht den Bösewicht jagen, Klein-Sven? Wollen wir den Weg entlangreiten oder übers Eis? Wenn heute nacht jemand draußen unterwegs ist, sieht man ihn deutlich...«

Und sie begann, sich alle gefährlichen Gestalten vorzustellen, die nachts draußen im Wald unterwegs waren... Wölfe, Räuber, Gespenster. Der graue Böue. Groß-Hirvo und seine beiden wilden Hunde. Der Wer-hat-mein-silbernes-Bein-Genommen. Und der, der immer fragte: »Ist mein Auge rot? Ist mein Auge rot?«

»Nein, Klein-Sven«, murmelte Sissela, »wir sind nicht so dumm, daß wir ihm antworten...«

Es war Base Preiselbehr im Hinterhaus, die diese Geschichten immer erzählte, Base Preiselbehr, die Flickenteppichweberin; meistens waren die Geschichten so schrecklich grausam, daß einem der Atem stockte und man schreien mußte. Und wenn man über den Hof nach Hause ging, mußte man sich an den Händen halten. Base Preiselbehr war es auch, die nie vergaß, die Milchzähne aller Kinder immer gleich zu opfern, wenn sie ausfielen. Sie warf sie ins Feuer und sagte: »Glimmer, glimmer, Goldzahn, hier hast du Beinzahn...«, und das Feuer, das mit seinen leuchtenden Ringelzähnen aus Gold alles fraß, erhielt die kleinen Milchzähne als Gabe...

Die Katze Lusse, die wie ein Kissen am Fußende des Bettes lag, hob den Kopf. »Njo-orr?« fragte sie sachte.

Die Deckendielen knarrten. Stefan war aufgestanden. Es knackte und huschte auf der Treppe, es stapfte im Flur, die Haustür jammerte. Einen Augenblick lang war es ganz still. Dann waren Schritte in dem kreischenden Schnee zu hören. Sissela richtete sich versuchsweise auf, legte sich aber rasch wieder hin, es war zu kalt, um aufzustehen. Bevor Mama und Sanna ins Bett gegangen waren, hatten sie das Sofa ein Stück von der Wand abgerückt, aus dem schlimmsten Zug heraus, und alle drei Mädchen hatten ihre gestrickten Nachtmützen auf.

Stefan ging nicht über den Hof zum Örtchen. Er ging auf die Straße hinaus. Sie hörte seine eiligen Schritte, das Geräusch drang klar vernehmbar durch die stille Kälte. Dann wurde es immer schwächer, bis es nicht lauter war als das Zirpen einer Heuschrecke, und dann – Stille, die in den Ohren sauste.

»Wo mag er hingegangen sein?« flüsterte Sissela. Klein-Sven

antwortete: »Vielleicht hat er eine Mädchenpuppe, die seine Freundin ist...«

Klein-Anni lag ganz still. Sissela schlief wieder ein. Und war am Morgen wie immer kaum wach zu kriegen. Da stand der Mond im Nordwesten, ein Strahl schien durch das Fenster zur Straße herein.

Mutter mußte besonders laut klopfen, damit Stefan zur Morgengrütze herunterkam. Sissela sah oft zu ihm hinüber. Seine Augen waren rot. Aber das waren sie oft. Er aß rasch, die Ellbogen auf dem Tisch.

»Du mußt noch Holz hereinholen, bevor du gehst«, erinnerte Sanna ihn scharf.

»Geht dich gar nichts an«, schlürfte er zurück. Und seine dunklen Locken fielen ihm bis über die Augenbrauen.

Die Halters-Mädchen gingen mit Beata und Rosmarie Blombacher von der Schule nach Hause. Sie folgten ihrem eigenen gewundenen Pfad über den Wachberg, und oben auf dem Kamm blieben sie stehen, um ein Weilchen zu verschnaufen. Die Welt war voller blauer Schatten, golden und weiß, wie das Land, wo Milch und Honig fließen, von dem sie in der biblischen Geschichte gelesen hatten. Heute war der Wachberg der Gipfel des Berges der Verheißung, und alles war möglich. Hier oben war es ganz still. Nur die Rauchsäulen aus den Schornsteinen stiegen ringsum schwankend in die Höhe.

Als sie wieder in die schattenblauen Straßen hinunterstiegen, begann sich die Mühsal des Lebens aufs neue um sie herum zu verdichten. Das gräßliche Ereignis vom Vortag erregte sämtliche Gemüter. Überall, wo Leute zusammenkamen, wurden Worte und Ansichten ausgetauscht. Alle Zungen liefen, alle Füße rannten. Alle Ohren waren gespitzt.

Die Schneiderin, Fräulein Krysantem, kam jammernd mit der Handschuhmacherswitwe Silbertaub die Straße entlang. Sie hatte von einem fahrenden Händler besonders billige Spitzen gekauft, aber jetzt war sie davon überzeugt, daß die Spitzen Schmuggelware waren und daß es falsch gewesen war, sie zu kaufen...

Die Katzenpatronin stand mit flatternden Haaren und erhobener Faust auf ihrer Haustreppe: »Diese Missetat hat *Wurzeln!*« rief sie, als die Mädchen vorbeigingen.

Donhoffs Kalle lehnte sich an seine Schaufel und brummte:

»Die Schmuggler, das sind tüchtige Jungs! Je schlimmer die Obrigkeit, desto besser, wenn sie hereingelegt wird!«

Und Frau Junia kam klein und rund angeächzt: »Ach, ach, ihr kennt doch bestimmt auch die armen kleinen Andmans, ach, nein, natürlich nicht, die besuchen ja das Lyzeum...«

Unten am Fuß der Goldkronengasse stand Krullasse, der Sohn des verschwundenen Zollgehilfen Krulle, mit gesenktem Kopf und hängenden Schultern. Vor Krullasse fürchteten sie sich ein wenig und gingen daher langsamer. Da sahen sie Stefan aus dem Poltershof herauskommen, er nickte Krullasse zu und zog mit ihm davon.

»Dieser Stefan, der treibt sich jetzt auch überall herum«, sagte Sanna düster. »Und dazu noch mit allem möglichen Schmugglergelichter und Radaugesindel, er läßt sich überhaupt nichts mehr sagen...«

»Kommt doch mit uns zum Kaffeetrinken«, schlug Beata vor, und Sanna erwiderte, ja, sie wollten nur ihre Bücher rasch nach Hause bringen, und Sissela wollte ihre Puppen holen.

Die Familie Blombacher wohnte ebenfalls in einem Haus an der Goldkronengasse, aber am unteren Ende, daher hatten sie Fenster in drei Richtungen. Sie hatten die gleiche Wohnung wie Halters, Kröpelins und der alte Poltersheimer: Kammer und

Küche, Flurverschlag und Dachboden, aber dennoch war es bei ihnen anders als bei den anderen. Und das lag nicht nur daran, daß es bei ihnen sonniger war, und auch nicht daran, daß sie so viele Kinder hatten und es daher immer laut und lebendig bei ihnen zuging. Und es lag auch nicht ausschließlich daran, daß ihre Türen blaugestrichen waren, oder daß sie so viele farbenprächtige Flickenteppiche und bunte blühende Topfpflanzen hatten. Irgendwie war es bei ihnen wärmer, aber auf eine unsichtbare Art und Weise, selbst wenn im Herd kein Feuer war oder die Sonne nicht hereinschien.

Als die Mädchen hereinkamen, saß die Blombacherin breit und gewaltig auf ihrem Stuhl und hielt allen, die zuhören wollten, Reden. Der Kaffeekessel blies wie ein Walfisch im Ozean, sie nahm ihn, ohne aufzustehen, mit fester Hand vom Herd und schenkte ein. Die Kröpelin war da und die kleine wallonische Spitzenklöpplerin aus dem Vorderhaus und die Birgersson, die immer Kopenhagener Pickanell schnupfte. Sie steckten Zuckerwürfel in den Mund und schlürften den Kaffee von der Untertasse. Die Blombacherin winkte Beata zu, noch mehr Tassen aus dem Schrank zu holen, und falls keine Tassen mehr daseien, eben Blechbecher. Jetzt klopfte es wieder an die Tür. Die Weberin, Base Preiselbehr, schob sich seitlich zu der engen Tür herein, und die Katzenpatronin kam gleich hinterher.

Sanna und Beata setzten sich zu den Erwachsenen auf die Bank am Tisch, Silja und Sissela begaben sich mit Rosmarie zur Bettecke hinüber. Sie stellten ihre Kaffeebecher auf einen Schemel und türmten einen tüchtigen Zwiebackberg dazwischen auf. Petrus und Fi, die jüngsten Blombacher, krochen unter dem Bett hervor und durften stippen. Åke, der Älteste, saß in einer Ecke und schnitzte ein Boot für Petrus, und sein jüngerer Bruder Ulf hob alle Späne auf und klebte sie als Pelz an ein Tier, das er geschnitzt hatte. Blombacher war Schreiner, und alle Kinder hatten seine Geschicklichkeit geerbt. Nur so zum Spaß konnten sie Sachen anfertigen, die viel kunstvoller und schöner waren als das, was man kaufen konnte. Blombacher selbst hatte alle Möbel in seinem Haus gemacht, auch das dreistöckige Bett der Kinder, das die Himmelsleiter genannt wurde, und die Luke in der Decke über dem Bett, die direkt auf den Dachboden führte.

Die Tür zur Kammer stand offen, und die Sonne strömte herein. An den Fensterscheiben glitzerten die Frostrosen, der Staub tanzte wie winzige Mücken im Licht. Der Kaffeedampf leuchtete, und das Porzellan funkelte mit den Stricknadeln der Strümpfe strickenden Frauen um die Wette.

Alle wild umherschwirrenden Gerüchte waren im Hause Blombacher zu einem Haufen zusammengeweht worden, und jetzt saßen die Frauenzimmer mitten in dem Haufen und droschen darauf ein. Den Kindern kam es so vor, als spielten die Frauen das alte Rätsel- und Flüsterspiel »Alle Welt wundert sich«.

Sie sprachen darüber, daß mehr denn je zuvor geschmuggelt und geschoben werde und daß das nur daran liege, daß die gesetzlichen Waren zu teuer geworden seien. Und das wiederum liege an den Zöllen und Abgaben, durch die die Kaufleute dazu gezwungen wurden, ihre Preise zu erhöhen. Sie unterhielten sich laut und lärmend und fielen sich gegenseitig ins Wort, so daß die Kinder nur vereinzelte Wörter aufschnappten, die wie Blitze aus Gewitterwolken herausfuhren: Entwertung, hieß es da, Geldmangel, untergrabener Kredit... und wem kann man noch richtig trauen? Werden wir unsere Stapelrechte behalten? Was ist mit der freien Schiffahrt?

Die Kinder waren es gewöhnt, die Erwachsenen klagen zu hören – wenn nicht über die schlechten Zeiten, dann über das Wetter oder über Krankheiten. Das gehörte dazu und würde immer so sein, aber wenn man zu verstehen versuchte, was eigentlich gemeint war, wurde man ganz verwirrt.

Das eine wenigstens stand fest – im Stadtrat herrschte Uneinigkeit. Ein Teil der Ratsherren hatte sich gegen den Bürgermeister, Herrn Melchior, aufgelehnt und ihn als altmodisch bezeichnet. Und jetzt wurde außerdem noch behauptet, dieser Ausländer, der sich Turiam nannte und den alten Gripanderschen Hof gemietet hatte, sei schuld daran.

»Aber eines verstehe ich nicht«, sagte jemand, »und das ist, wie ein Fremder ohne Verwandte oder Bekannte einen solchen Einfluß bekommen konnte...«

Da warfen sich die anderen bedeutsame Blicke zu, und der Würfelzucker klapperte gegen die wenigen Zähne, die sie noch im Mund hatten. Dann begannen alle gleichzeitig zu reden, und keine wollte den anderen nachstehen, sie sprachen lauter und lauter, doch die Stimme der Blombacherin übertönte sie alle wie Blasmusik und Trommelrollen.

Sie sagte, dieser Turiam sei in die Dienste der Stadt getreten und habe den Herren der Stadt versprochen, Gold zu machen – Säcke und Fässer voller Gold, damit alle reich würden. Es wurde behauptet, er sei ein Erfinder, aber einer von der unheiligen Art, auf jeden Fall leuchtete es nachts immer wie Feuerschein um den Gripanderschen Hof.

»Ha!« sagte die Blombacherin, »alle wissen doch, daß die Erde voll verborgener Schätze ist, die zu gewissen Zeiten im Jahr an die Oberfläche steigen, und dann brennt über ihnen ein blasses Feuer, und wer die richtigen Künste beherrscht und mutig genug ist, kann das Feuer bezwingen und auch den Drachen, der es bewacht, und *ich* glaube –«

»Es muß nicht unbedingt ein Drache sein«, fiel Base Preiselbehr ein, »es kann auch ein Erdgeist sein...«

»Ich glaube«, dröhnte die Blombacherin, »daß dieser Turiam

ganz einfach ein solches Erdversteck unter dem Gripanderschen Keller gefunden hat und daß er von den Stadträten Geld bekommt, um den Schatz zu heben. Denn das weiß doch jeder, wie schwierig und gefährlich es ist, einen Drachen zu bezwingen, das würde er nie ohne Entlohnung tun. Aber das ist natürlich der Grund, warum Preise und Zölle so gestiegen sind, die Stadt braucht Gold, um ihn zu bezahlen, das ist meine Meinung; wenn man sich vorstellt, daß die Haselhühner jetzt schon dreißig Penni das Stück kosten...«

»Also, ich halte nicht viel von den Ratsherren...«

»Bis auf einen...«

»Der Bürgermeister?«

»Ha, der Bürgermeister... Nein, Klingkors meine ich, das ist ein guter Mann, der verteilt Schnupftabak an die Armen und grüßt jedermann voller Anstand...«

Sie begannen, alles noch einmal durchzuhecheln. Silja und Sissela kauten an ihren Zwiebäcken und fragten Åke leise:

»Stimmt es, daß Turiam ein Hexenmeister ist?«

»Ja, das soll er sein!« flüsterte Åke zurück.

»Er verhext, wen er will mit dem bösen Blick, darum wagt ihm niemand zu widersprechen«, flüsterte Rosmarie.

»Donhoffs Kalle sagt«, flüsterte Ulf, »daß er jeden Abend große Kessel voller Gold zusammenkocht, aber daß er so in das Gold verliebt ist, daß er es nicht über sich bringt, es herzugeben, sondern es lieber im Kellerboden vergräbt und es selbst wie ein Drache bewacht, und das ist der Grund, warum dort immer ein Feuer brennt, ein grünes Feuer...«

»Und die Leute behaupten, daß gefährliche Sachen direkt in sein Haus hineingeschmuggelt werden, Sachen, die er braucht, um dieses Gold zusammenzubrauen, Sachen, für die ihn die Polizei eigentlich ins Gefängnis stecken müßte, wenn sie es nur wagte...«

Die Mädchen rissen die Augen auf und erschauerten.

»Was kocht er denn?« brachte Silja heraus. Es klang fast wie ein Schrei.

Rosmarie legte den Finger an die Lippen.

»Manche behaupten jetzt, Andman habe etwas Schlimmes über Krulle erfahren«, trompetete die Blombacherin, und die Kinder spitzten sofort wieder die Ohren. »Es heißt, Krulle habe vergessen, wer er sei; die Aufgabe eines Zollgehilfen ist es, Schmuggler festzunehmen, und nicht, ihnen zu helfen. Und Andman, der ein strenger Herr war, habe gedroht, und da sei Krulles Blut in Wallung geraten, und er habe ein Messer aufblitzen lassen... Ihr wißt ja, er stammt von der Insel Silmarsö, und die Silmarsöbewohner sind schon immer eigensinnig gewesen. Und er war der Schwager von Leander Henriksson und der Vetter von Sigurd Bast, die beide im Herbst ertranken, – es war Andmans Schuld, daß sie ertranken, und dabei erfüllte er nur seine Pflicht! Er stand auf der Landebrücke, um sie in Empfang zu nehmen, als sie mit der ›Eider‹ hereinkamen, und er wußte, daß sie das ganze Schiff voller Schmuggelwaren hatten, und als sie ihn sahen, drehten sie um und segelten wieder hinaus auf See, ein eisiger Sturm tobte, und sie kenterten...«

»Ja«, seufzten die Frauen, »ja, wir wissen noch gut, wie es war, als sie gefunden wurden.«

»Ich sah, wie sie nach Hause getragen wurden, und ich wünschte, ich hätte es nie gesehen«, sagte die Blombacherin und starrte geradeaus, als wären die Wände durchsichtig. »Ihre Arme waren so hilflos ausgebreitet. Aber als das Wrack der ›Eider‹ geborgen wurde, war es leer, irgend jemand hatte sich die Ladung schon geholt. Und jetzt wird behauptet...«

»Daß Krulle das getan hat?«

»Und daß dies das Geheimnis war, das Andman erfahren hatte?«

»Was für eine Ladung war es denn?« schrie die Kröpelin.

»Die Wahrheit wird wohl niemand so schnell erfahren, die Andman macht den Mund nicht auf, und Krulles Frau weint und weint, sie ist ein einziges Nervenbündel, ach je, und Krulle selbst ist seit gestern vormittag nicht mehr gesehen worden, aber der ist ja leicht zu erkennen mit seinen zusammengewachsenen Augenbrauen und diesem Grübchen, das er im Kinn hat...«

Silja und Sissela sahen sich an.

»Krulle ist schon immer ein Wildling und Quertreiber gewesen«, sagte Base Preiselbehr mit mißmutig wackelndem Kinn. »Und daheim hat es ihn sowieso nie gehalten. Und sein Sohn ist ein rechter Nichtsnutz.«

»Pastor Alblom hat gesagt«, schob die Kröpelin ein, »daß wir kein Urteil fällen sollen, bevor wir wissen, warum Krulle das alles getan hat, und wir wüßten nicht, was wir selbst an seiner Stelle getan hätten, und manche finden das schön gesagt, aber wenn Verbrecher keine Strafe mehr bekommen, woher soll man dann wissen, daß man selbst ein anständiger Mensch ist, und bisher wollte ich mich immer von Pastor Alblom beerdigen lassen, aber jetzt gehe ich doch lieber zu Pastor Mill...«

Die Katzenpatronin und die kleine wallonische Klöpplerin und Base Preiselbehr nickten ernsthaft bei ihren Worten, doch die Blombacherin runzelte die Brauen und sagte:

»Ein jeder kann einmal heftig werden. Und wenn einem einmal das Blut richtig zu Kopf gestiegen ist, kann man Missetaten begehen, ohne überhaupt darum zu wissen – und in solch einem Fall kann einem hinterher der Kopf wieder zurechtgeschüttelt werden. Ich weiß nicht, wie oft ich Blombacher schon am Ohr gepackt und geschüttelt habe, ohne daß das unsere Freundschaft getrübt hätte«, sagte die Blombacherin. »Aber einer, der alten

Groll mit sich herumschleppt und darüber nachsinnt, wie er einem anderen schaden könnte, der ist schlimmer als die Pest. Und wer vor allem darauf aus ist, für sich selbst einen Vorteil herauszuschlagen, ohne sich darum zu scheren, ob andere dadurch zu Schaden kommen, dessen Seele ist geborsten und kann weder durch Strafe noch durch Barmherzigkeit geheilt werden.«

4. Das Gelobte Land

Das kalte, strahlende Wetter hielt an. Wenn Sanna, Silja und Sissela aus der Schule nach Hause kamen, waren sie wie geblendet von dem Milch- und Honigschimmer über den Schneewehen; um diese Jahreszeit, wenn die Sonne tagsüber vor allem im Süden stand, wirkte ihre Küche mehr denn je wie eine dunkle Höhle. Sanna verschwand meistens rasch zu Fräulein Krysantem hinauf, wo sie vorübergehend als Nähmädchen arbeiten durfte. Silja und Sissela machten für sich und Vater Brote mit Salz und Kartoffeln darauf und wärmten den Kaffeerest auf, der vom Frühstück übriggeblieben war. Sie leerten den Kaffee in die größte Tasse und trugen sie in die Kammer, wo Vater in einer Ecke saß und sie anlächelte, als wüßte er ein Geheimnis, das er ihnen noch nicht erzählen konnte.

An vier aufeinanderfolgenden Tagen waren sie jetzt bei Blombachers gewesen, einmal waren sie auch zum Mittagessen eingeladen worden, aber da gab es Biersuppe, und die schmeckte ihnen nicht. Am fünften Tag sagte Silja, mehr als alles andere wünsche sie sich ein Fleckchen, wo es warm und hell und *still* sei. »Und voller Bücher«, fügte sie verwegen hinzu. »Ein durchsichtiger Turm oben auf dem Gipfel des Wachberges«, erklärte sie Sissela. Wie immer waren sie auf dem Heimweg so lange dort oben stehengeblieben, daß sie kalte Füße bekommen hatten.

»Spannende Bücher«, sagte Sissela.

»Nein, alle Arten von Büchern. Auch langweilige, damit man die Wahl hat.«

Der Tag war so schön, der Himmel so hochgewölbt, daß es einfach unmöglich war, im Haus zu bleiben. Die Goldkronenstraße lag zur Hälfte im Schatten, die Goldkronengasse lief wie ein goldener Schnitt durch die Häuser. Nachdem sie sich aufgewärmt hatten, zogen sie sich wieder an, und Silja half Sissela mit den Schnürsenkeln ihrer Stiefel. Sie nahmen sich an die Hand und gingen hinaus. Stefan hatte die Holzkiste gefüllt, und im Herd loderte das Feuer.

Sie gingen ohne ein besonderes Ziel die Straßen entlang, aber immer so, daß sie die Sonne im Gesicht hatten. Sie überquerten den Marktplatz und folgten der Esplanade und kamen schließlich zum Bootshafen, wo eine Schlittschuhbahn auf dem Eis freigefegt worden war. Samstagabends brannten dort Fackeln an allen vier Ecken, und die städtische Blasmusik spielte auf. Tagsüber wimmelte es dort von Kindern, die auf allen Arten von selbstgemachten oder gekauften Schlittschuhen herumrutschten, sie lachten und schrien und fielen auf die Nase. Silja und Sissela sahen ein Weilchen zu.

Dann gingen sie weiter, hinaus auf das Eis.

Der Schnee auf dem Eis war fest und hart, man konnte gut auf ihm gehen. In Ufernähe hatten Hunderte von Spuren ihre Muster darauf zurückgelassen. Weiter draußen erstreckte sich eine funkelnde leere Fläche vor den Mädchen. Die kleinen Inseln, die in einiger Entfernung einen Kranz bildeten, waren so dick eingeschneit, daß sie sich nur als blaue Schatten erahnen ließen.

»Jetzt – sind wir draußen – im Gelobten Land«, sagte Silja feierlich im Takt zu ihren Schritten. »Sollen wir spielen, daß wir zwei Schustersrappen sind?«

»Ja, aber wir dürfen nicht zu weit in das Gelobte Land hinausgehen«, sagte Sissela.

»Nein, bestimmt nicht.« Und Silja erzählte weiter, was für Bücher in diesem hellen Turm sein sollten, den sie sich so wünschte. »Und Eisbärenfelle auf dem Boden, und so kleine Schemelchen aus Walfischrückenwirbeln, wie die Kapitäne Blom sie haben«, und sie gingen weiter. »Hier ist noch niemand gegangen«, sagte Silja nach einer Weile.

»Doch, einer.« Sissela zeigte auf eine einsame Reihe von blauen Spuren, die vor ihnen in das Weiß hinausführte.

»Komm, wir folgen ihnen, vielleicht führen sie uns zu einem Schloß«, sagte Silja.

Die Spuren führten zu einer kleinen Felseninsel, die von einem schuppigen Panzer aus grünem Eis bedeckt war.

»Im Sturm haben die Wellen die Insel überspült und sind gleich zu Eis geworden«, erklärte Silja. Mit großer Mühe krabbelten sie auf die Insel hinauf. »Und die Eisschale ist so glatt, daß der Schnee darüber hinweggefegt ist, ohne hängenzubleiben.«

Endlich schafften sie es, auf den Kamm der Insel hinaufzukommen.

Ringsum war es vollkommen still. Im Norden lag die Küste, von unendlichen Reihen abwechselnd blauer und weißer Säulen getragen, die dicht wie Orgelpfeifen nebeneinander standen. Alle Felseninseln, die so flach gewesen waren, als sie daran vorbeigingen, hatten sich ebenfalls auf Stelzen erhoben.

»Das sind Luftspiegelungen«, flüsterte Silja. Und in weiter Ferne sahen sie etwas, das sich zwischen Himmel und Erde auf und ab bewegte, konnten aber nicht feststellen, ob es ein Schiff war oder eine schwebende Stadt. Da glitt eine Wolke vor die Sonne, und das grüne Eis unter ihren Füßen nahm eine dunklere Färbung an.

Auf der anderen Seite der Insel war das Eis nicht glatt, sondern wild zu Haufen aufgetürmt. Dort schimmerten ihnen grüne Grotten entgegen und schroffe Schneewände, die wie von Diamanten funkelten.

»Wenn man hier hinunterfällt, bricht man sich sämtliche Knochen, und kein Mensch wird einen je wieder finden, und außerdem erfriert man«, murmelte Silja bei diesem Anblick.

Im selben Augenblick stieß Sissela einen Schrei aus, sie glitt plötzlich aus, rutschte hinunter und verschwand. Silja spürte eine brennende Welle des Entsetzens in sich hochschlagen. Dann gab die Eisschicht auch unter ihr nach. Aber sie fielen nur ungefähr einen Meter tief in eine kleine Felsspalte hinein.

»Ich habe vorhin ja gesagt«, stellte Silja so ruhig wie möglich fest, »daß das Wasser hier bei einem Sturm festgefroren sein muß. Über dem Felsspalt ist eine Art Dach aus Eis entstanden, und wir haben uns auf das Dach gesetzt, und da ist es gebrochen.«

Sissela starrte sie mit ganz runden, dunklen Augen an. In dem Licht unter der geborstenen Eisdecke sah ihr Gesicht grünlich aus. »Ich will runter von der Insel!« sagte sie.

Aber bevor sie von der Insel hinunter konnten, mußten sie erst einmal aus der Felsspalte hinauskommen, und das war gar nicht so einfach, da sie beide vor Angst ganz steif waren.

Erst als sie Hand in Hand wieder oben auf dem Eis standen,

fiel ihnen die Spur, der sie gefolgt waren, wieder ein. Sie sahen jetzt, daß die Fußstapfen nach links abbogen. Die Sonne, die inzwischen auf ihrer Bahn weitergezogen war, schien ihnen immer noch ins Gesicht, als sie die neue Richtung einschlugen.

»Kneif die Augen zu und guck nur durch die Augenwimpern, sonst tun dir die Augen weh«, sagte Silja. »Weißt du, was traurig wäre? Wenn man diesen Turm und alle diese Bücher hätte, und dann würden einem die Augen so weh tun, daß man nicht lesen könnte...«

»Psst«, machte Sissela.

Ein schwacher Wind war aufgekommen und trieb flüsternden losen Schnee über die weiße Fläche.

»Das ist nur der Wind!« sagte Silja.

»Nein«, widersprach Sissela.

Sie näherten sich einer anderen Felseninsel und konnten jetzt ganz deutlich eine summende Stimme hören. Voller Eifer begannen sie schneller zu gehen. Und als sie eine herausragende Felsnase umrundet hatten, stießen sie auf einen Jungen, der auf einem Stück Treibholz saß und vor sich hinsummte. Es war Krullasse.

Als er sie erblickte, hörte er sofort auf zu summen. Aber er schaute nicht so grimmig drein wie sonst und verzog das Gesicht auch nicht zu einer höhnischen Grimasse. Nachdem sie ihn ein Weilchen angestarrt hatten, ohne zu wissen, was sie sagen oder tun sollten und nur darauf warteten, überfallen und mit Schnee eingeseift zu werden, sagte er leicht ungeduldig:

»Warum macht ihr denn so ängstliche Gesichter? Wißt ihr denn nicht, daß ich donnerstags nie kleine Kinder fresse?«

Da antwortete Silja leise, aber deutlich:

»Heute ist Freitag.«

Er brach in Gelächter aus. Das kam so unerwartet, daß die Mädchen sich eng aneinander schmiegten.

Er fragte: »Na, was hat Stefan gesagt?«

Sie antworteten ehrlich: »Er sagt eigentlich nie etwas, streitet sich nur mit Sanna.«

»Hat er euch denn nicht mit einem Gruß an mich hergeschickt?«

Die Mädchen schüttelten den Kopf. Da runzelte er die Brauen und machte ein mürrisches Gesicht und erinnerte wieder mehr an den Jungen, der er in der Stadt zu sein pflegte: »Was habt ihr dann hier verloren?«

Er war kein hübscher Junge. Er war groß, fanden die Mädchen, aber das kam vor allem daher, daß sie selbst klein waren. Er war breit und grobschlächtig mit langen baumelnden Armen. Seine messinggelben Haare hingen ihm strähnig in die Stirn, aber die Augenbrauen über seinen kleinen blauen Augen waren borstig und dunkel. Auf seinem Kinn glitzerte halblanger Flaum.

Silja fragte tapfer: »Bist du ein Kartoffeljäger oder ein Tronter?« und hatte dabei das Bild eines ganz anderen Jungen vor Augen.

Da spuckte er wie immer mit großem Geschick – weit, kräftig und gut gezielt, so daß die Spucke direkt neben seinem Opfer, das er erschrecken oder verhöhnen wollte, landete und es zwar nicht traf, aber dafür ordentlich zusammenzucken ließ. Dann schnaubte er:

»Glaubst du, ich hätte Lust, mich mit solchen Kleinkinderspielen abzugeben?«

Sie hätten antworten können, daß größere Jungen als er ehrenvolle Offiziere im Kartoffeljägerkorps waren, und daß die nettesten Jungen, die sie kannten, die Trontenhornbläser anführten. Und daß die Jungen, mit denen er selbst durch die Stadt zu ziehen pflegte, ziemlich klein waren. Aber sie sagten nichts. Die Haut unter ihren Nasen war rauh und brannte, ihre Füße waren kalt, der Friede in dem weißen Honigland war dahin. Und sie hatten noch einen weiten Heimweg im Gegenwind vor sich.

»Na, wollt ihr denn überhaupt nicht mehr gehen?« fragte Krullasse ungnädig.

Da machten sie kehrt und gingen davon. Der Nordwind hatte mittlerweile aufgefrischt, sie strebten wie in tiefem, kaltem Wasser voran, und die Sonne, die ihre linken Ohren hätte wärmen können, verblaßte rasch zwischen den Wolken.

»Der Himmel bewölkt sich«, brachte Silja mühsam heraus, nur um etwas zu sagen.

»Ja, schönes Wetter hält nie lange an«, antwortete Sissela mit Worten, die sie den Erwachsenen abgelauscht hatte.

Dunkle Wolken flogen vom nördlichen Horizont herauf, wuchsen und breiteten sich aus. Der Wind wurde stärker, und Schnee begann ihnen entgegen zu wirbeln. Mit gesenkten Köpfen hielten sie sich fest an den gefühllosen Händen. Sie hatten Strickmützen auf und darüber wollene Kopftücher. Der Schnee häufte sich auf ihren Stirnhaaren und sammelte sich in den Falten der Kopftücher und wurde in den Hals hineingeblasen, wo er schmolz und eisig am Kragenrand hinablief. Sissela begann zu schluchzen, und als Silja stehenblieb, um ihr mit dem Rücken gegen den Wind das Kopftuch etwas fester zu binden, merkte sie, daß sie falsch gegangen waren.

Es war so schwierig, dem Wind direkt entgegenzugehen wie in einen aufgerissenen Wolfsrachen hinein. Ohne es zu wissen, waren sie nach Osten abgebogen. Noch waren die Stadt und die Spitze des Glockenturms wie Striche gegen den grauen Himmel zu sehen, doch das war schrecklich weit weg, und der immer dichter treibende Schnee ließ die schwachen Umrisse zusehends undeutlicher werden.

»Komm, wir drehen uns um und gehen ein Weilchen rückwärts«, schlug Silja vor.

Sie gingen rückwärts. Sissela weinte zwar die ganze Zeit, ging aber tapfer weiter. Aber ob sie durchhalten würde?

»Komm, ich nehme dich auf den Rücken«, sagte Silja und beugte sich vor. Sissela versuchte, auf ihren Rücken hinaufzukrabbeln, und plötzlich lag Silja bäuchlings mit der Wange im Schnee. Als sie aufzustehen versuchte, merkte sie, daß sie ebenfalls keine Kräfte mehr hatte, und das fand sie so ungerecht, daß ihr vor Zorn fast die Tränen kamen.

Als Krullasse bei ihnen anlangte, hatte sich an ihrer windabgewandten Seite schon Schnee angesammelt. Er sagte mit seiner heiseren Stimme:

»He, warum liegt ihr hier herum, wolltet ihr nicht nach Hause gehen?«

Silja drehte ihm ein Auge zu, konnte aber nicht antworten.

Da bückte er sich über die beiden Mädchen, zog sie auf die Beine und schüttelte sie. Sie leisteten keinen Widerstand, sondern lehnten sich einfach an ihn, als wäre er eine Wand. Er murmelte erbost vor sich hin und schüttelte sie wieder. Dann sagte er: »Silja!«

Sie stand vor ihm und blinzelte.

»Los, stampfen!« befahl er. Sie stampfte folgsam, aber es war ihr, als gäbe das Eis unter ihr nach, sie trampelte in einem weichen Dunkel. Dann kam seine Stimme wieder. »Sissela kann ich tragen, aber beide nicht. Du mußt versuchen, selbst zu gehen. Es ist nicht weit.«

»Nach Hause?«

»Zur Hütte auf der Harparinsel.«

Die Jagdhütte auf der Harparinsel. Und Krullasse hatte ihr die Verantwortung für Sissela abgenommen. Und sie hatten keinen weiten Weg mehr vor sich. Und hatten den Wind im Rücken! Eng an Krullasse gedrückt stapfte Silja los, und nach einiger Zeit kehrte das Gefühl wieder in Finger und Zehen zurück, die daraufhin zu schmerzen begannen.

Hinterher sagte Silja, in dem beruhigenden Gefühl, daß alles bald überstanden sein würde, hätte sie noch unendlich weit gehen können. Krullasse dagegen behauptete immer, sie seien in der letzten Minute angekommen.

Sie machten einen Bogen um die Harparinsel und kamen unterhalb des Felsens in den Windschatten. Dann stapften sie durch hohe Schneewälle, die der Wind aufgetürmt hatte, bis die dunkle Hütte wie ein riesiger Steinbrocken vor ihnen auftauchte. Krullasse tastete nach der Tür, die mit einem knarrenden Kreischen aufging.

Drinnen war es genauso kalt wie draußen. Aber sie waren vor dem Wind geschützt, und hier drinnen roch es nach Mensch: nach Rauch, altem Tabak, altem Heu, alten Fellen, nach allen möglichen alten Sachen, und nach frischem Holz. Krullasse tastete fluchend umher und stieß an einen Schemel, der mit lautem Poltern umfiel. Dann leuchtete eine Flamme in der Dunkelheit auf, blau wie ein Vergißmeinnicht. Krullasse beugte sich darüber und einen Augenblick lang sah Silja, wie er sich schwarz vor einem blassen Schein abzeichnete. Er riß ein Stück Rinde ab, und die Flamme begann zu wachsen und zu knistern.

»Gib mir einen Scheit!« befahl er, und Silja tastete sich vor.

Dann hatten sie ein Feuer und konnten wieder richtig atmen.

»Wir haben es geschafft!« sagte Krullasse und machte die Tür ordentlich zu. Er rieb sich die Hände und beugte sich dann über Sissela, die zu einem kleinen Häufchen zusammengesunken und liegengeblieben war. Er setzte sich an den Rand des offenen Kamins und nahm sie auf den Schoß. Sie weinte über die Schmerzen in ihren Händen und Füßen, doch die gingen vorbei. Sissela war gar nicht so durchgefroren, wie sie befürchtet hatten, und das lag wohl an dem Mantel aus Kaninchenfell, den die Tochter des Bürgermeisters gehabt hatte, als sie klein war, und den die Bürgermeisterin der Halters-Mutter im vergangenen Herbst geschenkt hatte.

Die Hütte war klein, aber solide aus dicken Holzstämmen

gebaut. Entlang der ganzen Querwand bis hin zur Feuerstelle war Holz aufgeschichtet. Fenster gab es keine, nur eine Öffnung mit einer dicken kleinen Luke davor. Eine strohbedeckte Pritsche, auf der eine mit Schilfquasten gefüllte Decke und ein paar abgewetzte Felle lagen, vier Schemel und ein Regal mit gesprungenen Töpfen befanden sich in der Hütte. Hier durfte jeder, der vorbeikam, übernachten und alles benützen, was es hier gab. Aber das, was man benützt hatte, mußte man wieder ersetzen, damit immer Vorräte da waren.

»Wenn hier je kein Holz gewesen wäre, hätten wir die Schemel kleinhacken können, um mit ihnen zu heizen, aber dann hätten wir neue Schemel machen und sie wieder herbringen müssen...«

Silja nickte ernsthaft, und Sissela fragte, ob etwas zu essen da sei.

Sie suchten und fanden ein paar Brotkanten und ein Stück Kautabak auf dem Regal. Den Tabak steckte Krullasse sich gleich in den Mund. Er holte Schnee herein und brachte ihn in dem Kessel zum Schmelzen. Dann stellte er ihre Stiefel zum Trocknen hin und holte Stroh aus dem Bett, damit sie die Füße darauf stellen konnten, da ein kalter Zug über den Boden strich. Diesmal konnten Silja und Sissela ihre bestrumpften Füße ohne weiteres vorzeigen, da Mutter an die alten Strumpfbeine neue schwarze Strumpffüße angestrickt hatte.

Während sie an dem heißen Schmelzwasser nippten und die Brotstücke hineinstippten, fiel Sissela plötzlich etwas so Schönes ein, daß sie laut auflachen mußte. Sie hatte mehrere große Stücke Kandiszucker in der Tasche, die sie am Tag vorher von Rosmarie bekommen hatte, weil sie Petrus und Fi gehütet hatte. Das hatte sie ganz vergessen.

Sie verteilten die Stücke möglichst gerecht, eines legten sie jedoch für den Vorrat des Hauses ins Regal. Dann schlürften sie heißes Wasser mit Zucker, ließen die Stücke zwischen den Zähnen krachen und saugten daran, während das Feuer brannte und der Sturm dröhnte.

Langsam wurde ihnen so wohlig warm, daß sie auch an andere denken konnten. Sie sprachen über ihre Mütter und überlegten, ob sie sich wohl große Sorgen machten. Silja und Sissela glaubten kaum, daß ihre Mutter beunruhigt sei. Sie erklärten, ihre Mutter sei meistens nicht besorgt. Eigentlich sei ihre Mutter meistens überhaupt nichts, sagten sie, sie sei nur still und mager und immer emsig mit den verschiedensten Dingen und Obliegenheiten beschäftigt.

»Genau wie eine Ameise. Manchmal schläft sie fast gar nicht«, sagte Sissela mit einem Anflug von Stolz. »Sie strickt die ganze Nacht, und morgens liegt der Strumpf fertig auf dem Tisch, und das Feuer brennt, und sie hilft Vater beim Anziehen...«

»Ja, euer Vater ist ja sozusagen etwas komisch... verwirrt... hat nicht alle Tassen im Schrank... ich meine, er ist ja wohl so ein Spintisierer...«, sagte Krullasse und probierte beim Versuch, rücksichtsvoll zu sein, ein Wort nach dem anderen aus.

»Er ist ungewöhnlich im Kopf«, erklärte Silja bestimmt. »Und wie ist es bei dir?«

Krullasse sagte, seine Mutter sei immer unruhig, vielleicht sei sie das sogar ganz gern, da sie andauernd, ununterbrochen unruhig sei, und zwar wegen kleiner Dinge genauso sehr wie wegen großer. Früher sei sein Vater zur See gefahren, doch das habe seine Mutter nicht ausgehalten, und dann sei er Zollgehilfe geworden, um häufiger zu Hause sein zu können, aber sie sei trotzdem noch genauso unruhig gewesen, und jetzt...

Krullasse verstummte plötzlich, und das Schweigen lastete schwer auf den Kindern. Nur das friedliche Lodern des Feuers war zu hören, und der Sturm, der an der Hütte rüttelte.

Silja suchte nach Worten, aber ihr fiel keine einzige Frage ein, die nicht dumm geklungen hätte. Sie hatte so viele unterschiedliche Gerüchte über Krulle gehört, es war fast, als ob er ein Räuber aus einer dieser unheimlichen Geschichten gewesen wäre, die Base Preiselbehr immer zum besten gab. Aber sie konnte sich nicht vorstellen, daß er schlimmer sein sollte als die Pest, wie die Blombacherin behauptet hatte, und auch nicht, daß er nur auf seinen eigenen Vorteil bedacht sei, denn dann hätte er ihr und Sissela damals auf dem Weg doch keine Seemannslakritze geschenkt.

Sie und Sissela und der ganze Torkeltanz hatten die Begräbnisglocken für Andman läuten hören, und sie hatten seinen prächtigen schwarzen Leichenzug vorbeischreiten sehen. Sie wußten, wie die Andmans aussahen.

Es waren anständige Leute, die sich allgemeiner Achtung erfreuten, wie der Pastor Alblom sagte, ernst und gewissenhaft. Aber Silja kannte sie nicht gut genug, um ihre Trauer teilen zu können.

Krullasse dagegen kannte sie. Plötzlich wurde sie von Stolz erfüllt, daß sie einen so großen Jungen kannte und hier sitzen und mit ihm reden durfte, und dieser Stolz veranlaßte sie, ihre schläfrigen Augen aufzureißen, sich zu schütteln und zu versuchen, wachzubleiben.

»Weißt du, wo dein Vater ist?« fragte sie.

Krullasse nickte. »Er hat sich versteckt. Wenn er sich je blikken ließe, würden sie ihn doch sofort ins Gefängnis stecken.«

Er zog heftig die Luft durch die Zähne ein. »Vater ist kein schlechter Mensch, auch wenn er jetzt in Schwierigkeiten geraten ist.«

Dann fügte er hinzu: »Stefan ist unser Bote, er bringt Nachrichten von mir zu Vater und umgekehrt. Daher nahm ich auch an, ihr würdet Grüße von ihm bringen. Meiner Mutter wage ich nichts zu sagen, die redet ja immer mit allen Leuten über alles, ihr kann man nie etwas Wichtiges anvertrauen. Und dann ist sie ja auch so ängstlich.«

Silja schaute Krullasse an, während er sprach. Jetzt sah er nicht mehr häßlich aus. Er hatte ein Grübchen im Kinn wie sein Vater. Seine Mundwinkel zitterten heftig, und er mußte mehrmals schlucken, bis sie wieder ruhig wurden. Als seine Augen Siljas Blick begegneten, machte er nicht einmal die Andeutung einer höhnischen Grimasse.

»Hast du schon einmal daran gedacht, daß alles, was man tut, wie zu einem Schwanz wird, der hinter einem herschleift?« fragte er sachte. Jetzt klang auch seine Stimme anders, singend, wie bei den Leuten von den Inseln.

Silja nickte erstaunt.

»Manches muß man daher immer weiter machen, obwohl man eigentlich keine Lust dazu hat, und anderes muß man unterlassen, da die Leute ja nicht glauben sollen, man hätte sich verändert.«

»Jetzt«, sagte Silja mit leichtem Beben, »bist du ganz anders als sonst.«

»Das bin ich nicht«, erwiderte er. »So bin ich immer, wenn ich im Schneesturm auf einsamen Inseln bin.«

Silja merkte, daß Sissela an ihr Knie gelehnt eingeschlafen war, und dann merkte sie, daß sie selbst auch geschlafen hatte, da sie jetzt auf der Pritsche unter den Fellen lag. Ein paar Läuse mußten es sich ebenfalls hier gemütlich gemacht haben, da sie am Hals ein heftiges Jucken verspürte. Aber sie war nicht an den Läusestichen aufgewacht. Sie hatte irgend etwas von Mutter geträumt – von einer Mutter, die lachte und weinte und sich leicht bewegte, von einer Mutter aus früheren Zeiten, die sie ganz vergessen hatte. Sie spürte Sisselas Atem dicht an ihrer Wange, und auf der anderen Seite lag Krullasse zwischen ihr und der kalten

Wand. Der Sturm wütete wie zuvor, aber in sein Heulen und Dröhnen hatten sich auch andere Geräusche gemischt, die sie zuerst nicht richtig deuten konnte. Doch dann hörte sie Krallenpfoten über den Boden tappen.

Das Feuer loderte hoch auf, und Silja sah, daß ein alter Mann auf einem Schemel davor saß und sang. Sein Schatten füllte die ganze Decke aus. Der Alte war lang und klapperdürr, goldene Ringe funkelten an seinen Ohren, er hatte eine krumme Nase und eine vorgeschobene Unterlippe. Ein grauer, borstiger Bart bedeckte sein Kinn. Neben ihm hockte eine Katze, und auf seiner Schulter saß ein Papagei.

Am Fußende des Bettes stand ein Hund und beschnupperte die drei Kinder mit behutsamer Gründlichkeit, dann tappte er zu dem Mann am Feuer hinüber. Der Mann strich ihm über den Kopf und stimmte eine neue Melodie an. Der Hund hob die Schnauze zur Decke, und jetzt fielen auch andere Stimmen ein, rauhe und scharfe, pfeifende und volltönende, maunzende – ja, auch die Katze, die mit im Feuerschein glänzender Brust und fein geringeltem Schwanz dasaß, stimmte in den Gesang ein.

Die Pritsche und das ganze Haus wiegten sich jetzt im Takt mit dem Gesang. Das alles erinnerte fast an Siljas hellen Traumturm, denn jetzt glitten sie über glänzende Wellen dahin, in denen Fische und seltsame Meerestiere aufrecht standen und sich verneigten. Es knirschte rhythmisch in den Segeln und in der Takelung, doch als Silja nach oben blickte, zogen nur weiße Wolken über sie hinweg. Vorsichtig drehte sie sich im Bett um.

Krullasse und Sissela waren ebenfalls wach. Sisselas Augen leuchteten rund und dunkel wie randvolle Kaffeetassen, und Krullasse lächelte.

5. Der unerwartete Gast

Als es am Morgen hell wurde, zogen sie sich an und gingen hinaus. Der Himmel war bedeckt, und der Wind blies noch scharf, aber es stürmte nicht mehr. Der lose Schnee stob ihnen um die Knie.

Sissela ließ den Kopf hängen und murrte. Silja und Krullasse nahmen sie in die Mitte, als sie sich auf den Heimweg machten. Alle drei wären viel lieber in der Hütte geblieben, aber sie hatten nichts mehr zu essen, nicht einmal das Stück Kandiszucker, das sie bei den Vorräten hatten zurücklassen wollen, und sie wußten, daß sie aufbrechen mußten, solange sie noch bei Kräften waren.

Sie marschierten drauflos, und es war gar nicht so schwierig, wie sie gedacht hatten. Der Sturm hatte den Schnee in lange, feste Wellen gepreßt, wie erstarrte Brandung sah das aus. Auf halbem Weg zur Stadt kam ihnen Bonadea entgegen. Sie und Krullasse waren nicht gerade die allerbesten Freunde, aber jetzt sahen sie sich nur an, ohne etwas Boshaftes oder Spöttisches zu äußern, und als die Mädchen es sich überlegten, war ihnen, als wäre Bonadea auch bei den nächtlichen Erscheinungen aufgetaucht, – aber vielleicht war das alles nur ein Traum gewesen. Sie hatte die Taschen voller Rosinenbrötchen aus der Bäckerei, für jeden zwei.

Unten im Hafen bog Krullasse in seine Richtung ab, aber Bonadea begleitete die Mädchen nach Hause. Die Halters-Mutter war zum Putzen bei Mörtengrens, aber Sanna hatte von der Schule zu Hause bleiben dürfen, um nach ihnen zu schauen, wenn sie nach Hause kämen. Sie hatte Hafersuppe auf dem Herd warmgestellt, und steckte Silja und Sissela nach dem Essen gleich ins Bett, sicherheitshalber, für den Fall, daß sie sich erkältet hatten. Sanna deckte sie ordentlich zu, fragte und ermahnte: »... wie *konntet* ihr nur so dumm sein und einfach davonlaufen, habt ihr denn *gar nichts* gedacht, und ausgerechnet Krullasse, – naja, ein Glück, daß er euch geholfen hat, – jetzt müßt ihr aber schlafen...«

Aber sie waren es nicht gewohnt, so früh am Vormittag zu schlafen. Sie starrten an die Decke, bis die Deckendielen auf und ab zu schwanken begannen, und an die Wände, die fleckiger als sonst aussahen.

Sanna saß am Herd. Sie hatte die Füße auf einen Stuhl gelegt und faßte die ausgefransten Ärmel ihres Mantels mit Stoffstreifen ein, die fast dieselbe Farbe wie der Mantel hatten. Das hatte ihr Fräulein Krysantem beigebracht, und jetzt ließ sie die Nadel geschickt und sauber durch den Stoff laufen. Das Feuer im Herd loderte mit rotgelbem Schein, aber sonst war alles grau.

»Was hat Mutter gestern gesagt, als wir nicht nach Hause kamen?« fragte Silja.

»Nicht eben viel.«

»Hat sie sich keine Sorgen gemacht?«

»Sie ist die ganze Nacht aufgeblieben«, sagte Sanna. »Jedesmal, wenn ich aufwachte, war sie auf und ging hin und her, sie ging auch immer wieder hinaus, mit nur einem Tuch über dem Kopf, aber nie weiter als bis zum Tor, da sie ja nicht wissen konnte, in welche Richtung ihr gegangen wart, oder woher ihr kommen würdet.«

»Hat sie gar nicht daran gedacht, daß wir hätten erfrieren können?« fragte Sissela beinahe enttäuscht.

»Doch, ich glaube schon, daß sie ziemlich oft daran dachte«, sagte Sanna und nähte mit ruhigen, gleichmäßigen Stichen weiter. »Aber dann kam Bonadea ganz früh am Morgen und sagte, sie wisse, wo ihr euch befindet, und wir sollten uns keine Sorgen machen.«

»Und was hat Mutter dazu gesagt?«

»Eigentlich nichts, sie sah nur aus, als ob sie gleich in Tränen ausbrechen wollte. Sie werde trotzdem die Polizei benachrichtigen, denn das müsse man immer tun, wenn jemand verschwunden sei, das könne sie auf dem Weg zu Mörtengrens erledigen, sagte sie. Schlaft jetzt.«

Die beiden Kleinen schwiegen und schlossen versuchsweise die Augen, die aber immer wieder von alleine aufgingen. Sie fühlten sich nicht geborgen und daheim, sondern verloren und verwirrt. Sie hatten das Gefühl, als hätten sie etwas Kostbares verloren und wußten nicht genau, was es war. Sissela hatte keine Lust zu singen, was sie sonst immer tat, wenn sie im Bett lag und nicht zu krank dazu war. Und Silja hatte keine Lust zu lesen. Sie ließ den Blick über ihre Bücher gleiten, – sie hatte mehrere ganz eigene Bücher, die Mutter von Leuten, bei denen sie putzte, bekommen hatte, und die standen jetzt in einer Reihe in ihrem Regal –, aber sie handelten alle nicht von den Dingen, die sie jetzt gerade interessierten.

Und es kam ihnen ganz verkehrt vor, daß alles, was sie vorhin erlebt hatten – die Schönheit des Gelobten Landes, der unbarmherzige Sturm, der Schein des Feuers, das Krullasse angezündet hatte, und die nächtliche Segelfahrt – nichts als Zubettgehen zur Folge haben sollte, als ob sie unartig oder krank gewesen wären. Und zerknitterte Bettücher. Und Mutter wie immer nicht zu Hause. Und der Tag war so lang und leer und grau wie eine Ratte, und das einzige, was geschah, war, daß das Fell des Rattentages unendlich langsam dunkler wurde.

»Wenn doch wenigstens ein Besuch käme!« flüsterte Silja zu Sissela und dachte an Krullasse.

Doch den Besuch, der dann kam, hatten sie ganz und gar nicht erwartet. Er kam bei Einbruch der Dämmerung.

Es dämmerte nämlich bereits, als der Bürgermeister, Herr Melchior, mit Bonadea die Schaurigsgasse heraufgewandert kam. Früher hatte Herr Melchior einen Hund gehabt, der ihn überallhin begleitete, und dem er alles sagen konnte, was ihm einfiel. Jetzt war der Hund schon seit vielen Jahren tot, aber Herr Melchior hatte seine Angewohnheit, laut zu denken, beibehalten. Er sagte:

»Verflixt, da kommt einer, dem ich nicht begegnen möchte!« Und unterbrach seine Wanderung.

Bonadea sah in einiger Entfernung zwei würdevolle Herren die Gasse herunterkommen. Der eine von ihnen hob seinen Hut und machte einen Bückling vor einer vorbeigehenden Dame. Bonadea erkannte ihn an seinen Bewegungen. Es war Herr Klingkors, der auf allen Versammlungen und Festen so schöne Reden hielt. Der im Armenhaus Schnupftabak und Kaffee verteilte. Und der im vergangenen Herbst das Wrack der »Eider«

gekauft hatte, damit die Witwen Bast und Henriksson im Winter etwas hatten, wovon sie leben konnten. Der sich ungarische Pomade in die Haare und in den Schnurrbart schmierte.

»Sie haben uns noch nicht gesehen, kommen Sie«, sagte sie und zog Herrn Melchior durch eine Zaunöffnung in Herrn Solanders Hinterhof hinein. Als er immer noch zögerte, versetzte sie ihm einen freundlichen, aber bestimmten Schubs, so daß er sich plötzlich auf allen vieren auf einem ausgetretenen Pfad wiederfand, der zwischen den Nebengebäuden hindurchführte.

Und wie er so im Schnee herumkroch, während seine Feinde draußen auf der Straße ruhig vorbeigingen, mußte er daran denken, daß es eine gute Weile her war, seit er zuletzt auf der Jagd gewesen war. Er erinnerte sich vergangener Zeiten – wie er im Wald Ski gelaufen war, wie er bis zu den Knien im Schnee gestanden war und das Gewehr angelegt hatte, und wie er einmal einen Steilhang hinuntergesaust und plötzlich von vielen Elchen umringt gewesen war, wie gewaltig groß Elche von nahem sind, und wie er damals nicht einmal den Versuch gemacht hatte, einen von ihnen zu erlegen, sondern nur so schnell er konnte weitergefahren war.

Er stand auf, klopfte den Schnee von seinen Kleidern und seufzte: »Ja, ja, hier lief ich durch die Gegend, als ich so alt war wie du, damals war dieser Palast allerdings noch nicht erbaut, der ganze Solandersche Hof war seit der letzten Russenflucht nichts als ein einziges abgebranntes Ruinengrundstück.«

Dann lachte er schnaufend und sagte: »Und nicht wahr, Bonadea? Wenn es sich erst einmal herumspricht, daß der Bürgermeister vor seinen eigenen Ratsherren davonfliegt wie die Fliege vor dem Kalbschwanz, dann hat er wohl sein letztes bißchen Ansehen verloren...«

Bonadea antwortete ernst: »Aber das haben Sie doch gar nicht getan, Herr Melchior. Sie haben nur eine Abkürzung benützt, um die kleinen Mädchen zu besuchen, die auf so wunderbare Weise den Schneesturm überlebt haben. Hier sieht uns niemand, wir nehmen den kleinen Trampelpfad zur Heikelsberggasse, und dann sind wir schon an der Goldkronenecke.«

Und so folgten sie, genau wie Bonadea es vorgeschlagen hatte, dem Pfad hinter Solanders rotgestrichenen Vorratshäusern und Schuppen. Inzwischen hatte es wieder angefangen zu schneien, und der Schnee schmückte Bonadea und Herrn Melchior über und über mit weißen Sternen. Wie Reisende aus fernen Gegenden traten sie in Halters Küche, wo Sanna immer noch mit ihrem halbgeflickten Mantel im Arm saß. Die beiden Besucher waren ganz außer Atem und erhitzt, da sie den ganzen Heikelsberg hinauf gerannt waren (was Herr Melchior als Kind immer getan hatte), und schienen plötzlich die ganze Küche zu erwärmen. Herr Melchiors blaue Augen schossen Blitze, die von Wand zu Wand fuhren, und im Herd hüpften alle Flammen auf Zehenspitzen, um ihn besser sehen zu können.

Sanna wußte, was sich gehörte, und begann dem vornehmen Gast Komplimente zu machen und sich über die Mühe auszulassen, die er sich gemacht habe, um sie zu besuchen. Er lächelte, trat an das Sofa hin, in dem die beiden kleinen Mädchen lagen, setzte sich daneben auf einen Holzstuhl und gab ihnen zur Begrüßung die Hand. Dann begann er sie über ihr Abenteuer auszufragen.

Sanna stellte den Kaffeekessel auf. Bonadea wurde zum Bäkker geschickt. Herr Melchior flüsterte kurz mit ihr und gab ihr seine schwere klirrende Lederbörse. Bald darauf kehrte sie mit Kuchen und Rosinenbrötchen beladen zurück.

Silja und Sissela setzten sich im Bett hin. Ihre zerzausten kleinen Rattenschwänze standen vor Begeisterung vom Kopf ab. Sie bekamen Kaffee und Kuchen auf einem Tablett serviert, und auch wenn sie nicht allzuviel herausbrachten, so war es doch wundervoll, ihre Geschichte einem aufmerksamen Zuhörer erzählen zu dürfen. Und die Erinnerungen an ihr Abenteuer vermischten sich geradezu überwältigend mit dem Geschmack von Schlagsahne, Marmelade und Vanillecreme, von Blätterteig und spröden Mandelschnitten, von Teegebäck, das genauso knirschte wie ihre eigenen Sandkuchen, wenn sie im Sommer draußen Bäkker spielten, und von runden Rosinenbrötchen, mit denen Herr Melchior dem Schmaus etwas irdische Festigkeit und Schwere hatte verleihen wollen.

»Aber woher wußtest du denn, wo sie waren?« wandte sich Herr Melchior an Bonadea.

»Ich erhielt eine Nachricht«, antwortete sie mit vollem Mund.

»Und von wem?«

Da blickte sie an ihm und den anderen vorbei und senkte den Kopf, bis ihr die Haare übers Gesicht fielen.

»Von einem alten Seemann«, sagte sie dann, und da wußten sie, daß es keinen Sinn hatte, sie noch mehr zu fragen. Sanna schenkte Kaffee nach und brachte Vater ein Tablett in die Kammer. Und dann unterhielten sie sich über alles mögliche, und als Herr Melchior den glänzenden, vertrauensvollen Augen der vier Mädchen begegnete, mußte er an seinen treuen Freund, den verstorbenen Hund, denken.

Es war ganz dunkel, und ihre Köpfe zeichneten sich bogenförmig gegen die Fensterscheiben ab, als Herr Melchior auf seine Uhr schaute, seufzte und sagte, er müsse jetzt gehen. Sanna begann sich stammelnd bei ihm zu bedanken, aber er unterbrach sie: »Ich habe mich zu bedanken, es war ein schöner Nachmittag, wirklich sehr schön...« Aber sie merkten, daß sein fröhlicher Gesichtsausdruck von dem Augenblick an verschwunden war, als er an Zeit und Umwelt erinnert worden war. Dunkle Schatten und Furchen tauchten in seinem Gesicht auf.

Während er den Pelz anzog, sagte er zögernd: »Mir ist klargeworden, daß es nicht gut sein kann, wenn so viele Menschen so eng zusammen wohnen... Genau wie der Boden sich abnützt, wenn viel auf ihm herumgetrampelt wird, nützen sich die Menschen ab, wenn sie sich aneinander reiben müssen...«

Als er gegangen war, sagten die Mädchen zueinander:

»Er ist müde.«

»Er hat es schwer.«

»Es heißt, daß manche Ratsherren schlecht über ihn reden. Und ihm wehtun. Und seine Zeit absichtlich mit allem möglichen Kleinkram in Anspruch nehmen, damit er nicht dazukommt, die wirklich wichtigen Dinge zu erledigen.«

»Und man sagt auch, daß sie die Leute gegen ihn aufhetzen und ihn alte Schlafhaube nennen, die nichts von der neuen Zeit versteht.«

»Und dann sagen sie, er müsse eigentlich den Anstand haben und freiwillig seinen Dienst aufgeben, um anderen Platz zu machen... das sagt Klingkors, der selbst Bürgermeister werden will...«

»Und als ich das vom Gelobten Land sagte«, bemerkte Silja, »sagte er, dorthin habe er sich sein ganzes Leben lang gesehnt, aber er habe nie genügend Zeit gehabt, um den Weg dorthin zu suchen. Habt ihr das gehört?«

Sanna begann, das Abendessen vorzubereiten, auf das keine von ihnen nach diesem Kuchenfest Appetit hatte. Es gab Suppe von gestern, die mit Wasser und Kartoffeln verlängert wurde.

»Wenn er seinen Dienst aufgibt, kann er doch seine Sorgen zurücklassen und direkt ins Gelobte Land hineingehen und dort bleiben, bis er stirbt«, meinte sie.

»Er gibt seine Arbeit nicht auf«, sagte Bonadea. »Solange er glaubt, daß er der Stadt und ihren Bewohnern nützlich sein kann, hört er nicht auf.«

»Und kann er das?«

»Ja«, sagte Bonadea.

Als Mutter nach Hause kam, ging sie sofort zu den Mädchen im Sofa hinüber und berührte ihre Wangen mit ihrer kalten Hand. »Geht es euch gut?« fragte sie.

Sie begannen zu erzählen. Aber sie wollte nichts von dem Eis hören, und auch nichts von dem Sturm, und über den Besuch des Bürgermeisters und die Kuchenstücke, die die Mädchen für sie und Stefan aufgehoben hatten, verzog sie nur müde den Mund. Stefan kam nach Hause, und Sanna begann sogleich mit ihm herumzuzetern. Er hatte vergessen, Wasser hereinzuholen, er schleppte mit den Schuhen Schnee herein, er zog ekelhaft die Nase hoch. Stefan antwortete nicht, warf ihr nur unter seinen dunklen Wimpern düstere Blicke zu, sein Gesicht war starr und mürrisch.

In der Kammer stimmte Vater sein klagendes Lied an. Die Suppe war dünn und schmeckte nur nach Kartoffeln und Wasser. Mutter brockte Sauerteigbrot hinein.

»Es sind schlechte Zeiten«, sagte sie. »Jetzt behaupten Mörtengrens, sie könnten sich einen Großputz auch nicht mehr so häufig leisten wie bisher. Ab und zu kann ich dort noch aushelfen, aber ich werde keine regelmäßige Arbeit mehr haben. Ich weiß wirklich nicht, wie wir...« Dann zuckte sie die Schultern und verstummte.

»Wenn der Bürgermeister euch schon unbedingt verwöhnen wollte, hättet ihr um ein Stück Butter oder um Eier bitten können, statt dieser unnützen Schleckereien, von denen man nur Bauch- und Zahnweh bekommt«, murmelte sie, als Sanna die Rede wieder auf den Bürgermeister brachte. Doch als die Mädchen sie daraufhin bestürzt ansahen, bereute sie es sofort: »Ich brumme nur so vor mich hin, weil ich heute so müde bin...«

Das war keine besondere Entschuldigung, fanden die Mädchen, müde war sie ja alle Tage. Sie schwiegen. Sanna setzte sich an ihre Hausaufgaben, Mutter spülte das Geschirr und begann dann, Wäsche zu waschen. Sie machte nie eine große Wäsche, dafür aber beinahe jeden Abend kleine Wäsche, damit sie immer etwas Sauberes anzuziehen hatten. Die Küche wurde von Seifengeruch und dem Geruch nach nassem Holz und nassen Kleidern erfüllt und von einem fürchterlichen Qualm, als ein Socken auf den heißen Herd fiel. Stefan riß seine Mütze an sich und stiefelte hinaus, Sannas grimmige Blicke folgten ihm bis zur Tür.

Silja kroch mit Sissela unter die Decke und flüsterte: »Komm, wir spielen einfach, daß wir wieder auf der Harparinsel sind.«

6. Die geheime Nachricht

Eines Nachmittags, als nur Silja und Sissela und natürlich Vater in seiner Kammer zu Hause waren, kam Stefan in die Küche gestürzt. Er stellte einen verschneiten Stiefel auf einen Stuhl und begann ihn aufzuschnüren. Seine Augen glänzten, und er lachte leise in sich hinein.

»Was ist denn?« fragte Silja.

»Warum bist du nicht bei der Arbeit?« fragte Sissela.

»Was geht das euch an«, sagte Stefan, aber seine Stimme klang anders als sonst, fröhlich und eifrig. »Ihr dürft niemandem verraten, daß ich hier bin. Ich muß gleich weiter, muß nur einen Lappen auf meine Ferse tun.« Und dabei zog er seinen Fuß aus dem Stiefel, der in einem durchlöcherten Strumpf steckte.

Durch ein besonders großes Loch schaute seine blutig gescheuerte Ferse heraus.

Da ging die Tür wieder auf, diesmal war es der alte Poltersheimer. Innerhalb eines Augenblicks änderte Stefan sein Verhalten – sein Gesicht nahm den üblichen verdrossen trägen Ausdruck an, seine Figur bewegte sich schwerfällig. Und die Mädchen, die vor dem schmuddeligen Poltersheimer immer eine gewisse Scheu empfanden, rückten im Sofa näher aneinander.

»Du hast es aber eilig, dich am hellichten Tag nach Hause zu verdrücken«, sagte der Poltersheimer mit sanfter Stimme.

»Wenn man Bauchweh hat, wird man wohl noch heimgehen dürfen«, antwortete Stefan mürrisch.

»Wenn man Bauchweh hat, hat man es meistens besonders eilig, aufs Örtchen zu kommen«, entgegnete der Poltersheimer und begann zu lachen, wobei sich in dem schmutzigen Bart ein Schlund mit spärlichen braunen Stummeln auftat und seine roten kleinen Augen schmal wie Schnittwunden wurden. Er pflanzte sich breitbeinig in die Türöffnung und steckte die Daumen in die Armlöcher seiner alten Schaffellweste.

»Oder zu Mutters Medizinschrank«, entgegnete Stefan. Er hinkte in Strümpfen in die Kammer hinein und kam mit einer Flasche zurück.

»Pfui Kuckuck, hier ist es aber kalt«, sagte er dann. »Ihr braucht euch ja nur um die Schule zu kümmern, da könntet ihr wirklich ab und zu nach dem Holz schauen! Raus mit dir, hol einen Armvoll herein!« sagte er zu Sissela und zog sie aus dem Sofa hoch.

Sissela öffnete gekränkt den Mund zu einem Protestgeschrei, aber inzwischen hatte Stefan dem Poltersheimer den Rücken zugedreht und konnte ihr bedeutungsvoll mit dem einen Auge zuzwinkern. »Raus zum Holzschuppen«, wiederholte er, und Sissela schlüpfte in ihren Pelz und ging hinaus. Der Poltersheimer zog den Bauch so weit ein, daß sie an ihm vorbeikonnte. Dann machte er: »Haha!«, drehte sich um und folgte ihr in den Flur hinaus. Als sie über den Hof lief, hörte sie ihn »Karl! Karl!« rufen.

In der Küche drehte sich Stefan zu Silja um, jetzt war er wieder lebhaft, voll grimmiger Spannung, und seine Augen leuchteten.

»Jetzt geht es für Krulle ums Ganze«, flüsterte er. »Ich bin wirklich ein Schafskopf, daß ich vorher noch hierher gekommen bin, aber ich ahnte ja nicht, daß der Poltersheimer so ein wachsamer Fuchs ist. Jetzt mußt du dich auf die Beine machen und Krullasse suchen und ihm sagen: ›Die Eider fährt beim ersten offenen Wasser westwärts. Aber das Haus muß für das Schiff herhalten, sonst wird die Kaufsumme nicht voll.‹«

»Das begreife ich nicht«, flüsterte Silja zurück.

»Das macht nichts, Hauptsache, du kannst es dir merken.«

Silja wiederholte die Botschaft.

»Und geh jetzt gleich.«

Sie witschte im selben Augenblick hinaus, als der Poltersheimer wieder hereinkam und Sissela mit einem Stapel Holzscheiten im Arm die Tür des Holzschuppens hinter sich schloß. Donhoffs Kalle versperrte Silja den Weg.

»Und wohin will das Fräulein, bitteschön?« fragte er mit seiner heiseren Stimme und streckte die Arme aus.

»Einfach hinaus«, antwortete Silja, und ihre Stimme wurde schrill, ohne daß sie es wollte. Sie wagte nicht, Sissela etwas zuzurufen, aber als sie den Kopf wandte, sah sie, daß Sisselas Augen knopfrund geworden waren und daß sie ihren Mund fest und energisch zugekniffen hatte. Sie hat begriffen, dachte Silja erleichtert und flitzte zum Hoftor hinaus. Sie hat begriffen, daß es etwas Wichtiges ist, auch wenn sie nicht weiß, *was*, – jetzt kommt es nur darauf an, Krullasse zu erwischen.

Aber als sie die Goldkronenstraße hinaufrannte, hörte sie hinter sich schwere Schritte und keuchendes Atmen. Donhoffs Kalle verfolgte sie. Er, der sonst immer so schwerfällig einherschlurfte und sich so schwer auf die Schneeschaufel oder den Besen oder was er sonst gerade in den Händen hielt aufstützte, lief jetzt so flink, daß sie Angst bekam. Und als sie den Hof der Katzenpatronin überquerte und durch den Schnee stolperte und über den Bretterzaun kletterte und hinter Gutbergs Hof auf die Rafflergasse hinaus weitereilte, wo die Lumpenhändler ihre Läden hatten, stand er schon ächzend und mit rotem Gesicht dort, um sie in Empfang zu nehmen. Sie machte kehrt und lief die Straße hinauf, wobei sie im Zickzack rennen mußte, um den Leuten, die ihr entgegenkamen, auszuweichen. Bei Silles Kurzwarenladen bekam sie eine Idee. Sie stürzte in Frau Silles Hof und durch den Hintereingang in den Laden hinein. Schnell, bevor irgend jemand dazu kam, zu fragen oder sich zu wundern, huschte sie an Stoffballen, Ladentischen und Kundschaft vorbei und durch den Haupteingang auf die Straße hinaus. Sie war so flink gewesen, daß sie Donhoff Kalles grauen Rücken gerade noch in den Sillehof hineinverschwinden sah, dann sauste sie die Straße hinunter.

Aber Krullasse, der sich sonst überall in der Stadt herumtrieb, war nirgends zu sehen. Früher, als sie noch vor ihm Angst hatte, hatte sie ihn an jeder Straßenecke getroffen. Sie fragte den kleinen Rulle: »Hast du Krullasse gesehen?«, aber Rulle glotzte sie nur an und kicherte, ohne zu antworten. Sie lief weiter, zum Hafen hinunter, huschte scheu am alten Gripander-Hof am Marktplatz vorbei, überquerte rasch die breite Esplanade und wagte dann endlich, etwas langsamer zu laufen und zu verschnaufen. Aber sie hatte das Gefühl, als hätte sie einen Schwanz – so einen Schwanz, von dem Krullasse draußen auf der Harparinsel gesprochen hatte, der überall hinter ihr herschleifte und eine breite, leicht auffindbare Spur hinterließ.

Und sie ging und ging und hätte am liebsten rings um den ganzen Kopf Augen gehabt. Sie bog hastig um Ecken, hinter denen sie seine Stimme zu hören geglaubt hatte. Und als sie erneutes Keuchen hinter sich hörte, stürzte sie die ganze Safranstraße entlang. Und dabei war es nur der alte Gaul des Oberlotsen.

Dann fiel ihr der Berg der Verheißung ein, und sie begann wieder bergauf zu gehen.

Und mitten auf der Bettelgasse traf sie ihn. Er hatte sein Gefolge aus kleineren Jungen dabei, aber Silja rief unerschrocken seinen Namen und lief zu ihm hin, während sie ihre Nachricht für sich wiederholte: »Die-Eider-fährt-westwärts-beim-ersten-offenen-Wasser...«

»Lasse!« rief sie. »Warte, ich muß dir etwas sagen...«

Mit hochgezogenen Schultern und den Händen in den Hosentaschen kam er mit wiegendem Seemannsgang auf sie zu. Er feixte mit herabgezogenen Mundwinkeln, und als sie ganz nahe war und schon den Mund aufgemacht hatte, um »die Eider fährt westwärts« zu flüstern, spuckte er.

Der Spuckeklumpen flog dicht an ihrer Wange vorbei, und die ganze Bubenbande brach in höhnisches Gelächter aus. Lasse sagte: »Das Kleingemüse wird aufsässig, wenn es Frühling wird«, und fügte noch irgend etwas hinzu, das sie nicht hören konnte, das die Jungen aber laut auflachen ließ. Sie blieb stehen und rang nach Luft. Ihr schwindelte es vor den Augen, sie schluckte und schluckte, konnte aber doch nicht verhindern, daß sich kleine wütende Schluchzer hervordrängten.

Sie sah nicht, daß er ihr über den Köpfen der anderen hinweg zuzwinkerte, hörte nur, daß das Füßetrappeln immer schwächer wurde und schließlich die Straße hinunter verschwand. Wie betäubt trottete sie weiter die Bettelgasse hinauf, ohne zu wissen, was sie anfangen sollte.

Oben auf der Straßenkuppe kam ihr Lasse erneut entgegen, diesmal allein. Er hatte einen anderen Weg genommen.

»Na«, keuchte er, »was wolltest du mir sagen?«

Sie war so überrascht, daß sie ihn nur ansah. Seine blauen Augen funkelten und blitzten dicht vor ihr.

»Die Eider«, flüsterte sie, brachte aber nur ein Krächzen heraus. Sie räusperte sich. »Die Eider«, begann sie wieder, doch da hörten sie plötzlich Donhoff Kalles triumphierendes Gebrüll. Krullasse fluchte. Er riß sie vor Donhoff Kalles schrecklichen schwarzgesprenkelten Pranken auf die Seite, versetzte ihr einen Schubs in den Rücken und brummte: »Hau ab!« Er selbst flitzte so schnell er konnte in die andere Richtung die Straße hinunter, zur Schule hin.

Aber Silja konnte nicht mehr rennen, sie hatte Seitenstechen, und ihr Hals brannte. Als sie das gelbe Haus, in dem Fräulein Krysantem wohnte, direkt vor sich sah, lief sie mit letzter Kraft dorthin, stieß die Tür auf und taumelte ins Treppenhaus hinein.

Kalle kam nicht hinterher. Sie spähte durch das Treppenfenster und sah ihn bärengleich mitten auf dem Hof stehen. Er fluchte vor sich hin und fuchtelte mit seinen Pranken durch die Luft.

Silja setzte sich hin und schloß die Augen. Sie holte tief Luft und stieß sie mit einem Seufzer wieder aus. Ihre Beine zitterten, sie schwitzte und erschauerte und spürte Lasses Stoß immer noch mitten im Rücken.

Da hörte sie, wie die Tür im obersten Stock aufging, Fräulein Krysantems Tür, und wie jemand, sie hörte gleich, wer es war, auf leichten Füßen die Treppe heruntergeflogen kam.

»Was ist los?« fragte Bonadea und blieb stehen. »Ist Donhoffs Kalle betrunken? Willst du heraufkommen? Ich habe dich durchs Fenster gesehen.«

Silja konnte immer noch nicht richtig sprechen, die Luft pfiff in ihrer Brust. Bonadea setzte sich rasch neben sie auf die Treppenstufe und legte den Arm um ihren Rücken.

»Ich kann nicht alles sagen«, flüsterte Silja und weinte.

Dann erzählte sie, daß Stefan sie gebeten habe, Krullasse etwas Wichtiges auszurichten, daß er selbst vom Poltersheimer zurückgehalten worden sei, während Donhoffs Kalle sie verfolgte, »... und ich begreife nicht, warum. Die haben doch gar nichts mit Krulle zu tun.«

»Psst!« warnte Bonadea sofort. »Donhoffs Kalle macht alles für einen Schnaps. Und der Poltersheimer macht alles für Geld. Es kann doch sein, daß jemand, der Krulles Feind ist, den Poltersheimer bezahlt, um diese wichtige Nachricht zu erfahren, die du Krullasse überbringen sollst.«

»Aber warum«, fragte Silja mit einem verspäteten Schluchzer, »hat Lasse denn so – so gespu-huckt?«

»Weil er nicht allein war, natürlich«, erklärte Bonadea. »Damit niemand merken sollte, daß ihr Freunde geworden seid. Und um dich daran zu hindern, die wichtige Nachricht vor den anderen auszusprechen.«

Freunde! dachte Silja und erschauerte plötzlich vor Glück. »Aber warum durfte niemand das merken?« fragte sie und rieb sich die Augen.

Bonadea sagte sehr ernst: »Viele sind hinter Krulle her und wollen ihn festnehmen – vor allem derjenige, der an allem Unrecht schuld ist.«

»Wer ist das?« fragte Silja, und Bonadea flüsterte ähnlich wie Silja vorhin: »Ich kann nicht alles sagen! Vielleicht erfährst du nachher mehr von Lasse.«

Da blickte Silja hoffnungslos zum Fenster hinaus. Bonadea lachte und stand auf.

»Paß auf«, sagte sie. »Ich werde Donhoffs Kalle schon weglocken. Und dann läufst du zu Krulles hinunter – am besten gehst du zu ihnen nach Hause und wartest dort.«

»Ja«, sagte Silja.

Bonadea umarmte sie rasch, dann riß sie die Tür auf. Ihre Haare flogen ihr um den Kopf, sie lachte und stürzte gerade auf Donhoffs Kalle zu. Mit ausgestreckter Hand berührte sie seine Schulter und rief: »Kalle – du hast ja keine Ahnung, was ich weiß!« Wie eine kleine Wetterhexe wirbelte sie um ihn herum, ihr Gesicht leuchtete spöttisch, ihre Augen blitzten unter den wehenden Haaren, – und Donhoffs Kalle, des Wartens müde, stürzte sich gierig knurrend auf sie, um sie zu packen.

Silja stieß ein Wimmern aus, als sie das von ihrem Platz an der Tür aus sah. Aber Bonadea sauste so leicht wie ein windgetragenes Blatt die Grutagasse hinunter, mit Kalle auf den Fersen. Bevor sie um die Ecke verschwanden, fuhr Bonadea herum und winkte mit hochgestreckter Hand. Und da erinnerte Silja sich an das, was sie zu tun hatte. Sie machte sich schleunigst auf den Weg.

Das Eis unten auf dem Fluß zeigte allmählich braune Flecken längs des Ufers. Silja machte vorsichtshalber große Bögen um sie herum und folgte dem mit Tannenreisig markierten Steg.

Die blanken Fenster der Häuser am Rummelstrand schienen sie anzustarren. Hier wohnten Menschen, die sie nicht kannte. Hier wohnten Andmans – sämtliche Brüder Andman hatten hier ihre Häuser in einer Reihe nebeneinander. Als Silja daran vorbeigehen mußte, wurden ihr die Knie ganz schwer. Krulles wohnten oberhalb, beinahe im Wald. Als sie dort anlangte, wußte sie nicht, was sie sagen oder tun sollte, und blieb zögernd beim Gartentor stehen, bevor sie es aufmachte.

Während sie noch unentschlossen dastand, hörte sie plötzlich ein Trillern. Auf der Dachkante saß ein Spatz und zwitscherte und pfiff. Er plusterte sich auf und reckte sich in die Luft. Und unter seinen Krallen tropfte das Schmelzwasser wie ein Perlenvorhang herab. Allmählich wurde es Frühling. Heute ging kein Wind. Und die Wolken, die den ganzen Tag auf den Dächern gelastet hatten, waren verschwunden, sie hatten sich aufgelöst, und der Himmel war blau.

In der schmucken Küche, in der Krullasses Mutter am Fenster saß und nähte, mußte Silja ziemlich lange auf Krullasse warten.

Krullasses Mutter war blond, hatte eine zierliche Figur und wäre hübsch gewesen, wenn sie nicht einen so ängstlichen Gesichtsausdruck gehabt hätte. Sie wirkte bedrückt und irgendwie verschreckt. Sie trug ein schönes kariertes Kleid mit enganliegendem Oberteil und einer Spitzenrüsche am Hals. Sie tischte Kaffee und Gebäck auf und stellte Silja viele Fragen, die schwer zu beantworten waren, und schließlich schlug sie beide Hände vors Gesicht und schrie fast: »Du sagst gar nichts! Kein Mensch sagt etwas! Ganz allein muß man seine Sorgen und Ängste tragen ...«

Silja saß mit ihrem Rosinenbrötchen in der Hand da und wagte nicht, hineinzubeißen. Sie hätte die Frau so gerne getröstet, wußte aber nicht, was sie sagen sollte. Sie blickte auf die Flikkenteppiche hinunter und versuchte auszurechnen, wie viele blaue und wie viele rote Reihen sie hatten, bis Krullasses Mutter sich wieder beruhigt hatte. Sie lachte unsicher und forderte Silja auf: »Nimm noch etwas, laß es dir schmecken. Und noch eine Tasse Kaffee ...«

Als Krulasse endlich kam – genau wie Stefan kam er hereingestiefelt, ohne sich vorher die Schuhe abgetreten zu haben, so daß der nasse Schnee in Klumpen auf die Teppiche fiel –, war Silja schon schläfrig geworden. Als sie ihre Nachricht ausrichten wollte, mußte sie gähnen: »Die Eider fährt beim ersten offenen Wasser westwärts. Aber das Haus muß für das Schiff herhalten. Sonst wird die Kaufsumme nicht voll.«

Krullasses Mutter hob die Hände, schlug sie heftig zusammen und begann zu weinen.

»Davor habe ich die ganze Zeit Angst gehabt«, schluchzte sie. »Er gibt keine Ruhe, bevor er uns alle ins Unglück gestürzt hat und wir kein Dach mehr über dem Kopf haben…«

»Sei still, Mutter«, sagte Krullasse. Er ging wortlos wieder hinaus, und Silja stand schwerfällig auf, da sie jetzt wohl auch gehen mußte.

»Aber bleib doch sitzen, für mich ist es ein wahrer Trost, daß du hier bist; ich verstehe ja, daß du es gut meinst, sonst würdest du dir ja nicht die Mühe machen, uns zu benachrichtigen«, sagte Krullasses Mutter, »und Lasse kommt wahrscheinlich gleich wieder zurück.«

Das tat er auch. Er brachte zwei schwarzgekleidete Frauen mit, die Silja wiedererkannte. Es waren die Witwen von Leander Henriksson und Sigurd Bast, den beiden Schmugglern, die im Herbst ertrunken waren. Beda Henriksson war Krulles Schwester und sah mit ihren blitzenden blauen Augen und dem Grübchen im Kinn Krulle und Krullasse ähnlich.

Katrina, die mit Sigurd Bast verheiratet gewesen war, war dunkel und schlank und so jung, daß Krullasse sie duzte.

Lasse erklärte ihnen, wer Silja war und bat Silja, alles zu erzählen, was sie wußte. Doch das war nicht viel, und das Wichtigste hatte sie schon gesagt.

Krullasse saß vorgebeugt, die Arme auf die Knie gestützt, auf der Herdbank.

»Jetzt müssen wir also beschließen, was getan werden soll«, sagte er schwer und bestimmt wie ein Erwachsener.

Seine Mutter kochte noch mehr Kaffee, während ihr die Tränen ohne Unterlaß über die Wangen liefen, die sie ab und zu mit dem Schürzenzipfel abtrocknete.

Silja, die außerhalb des Lichtkreises der Lampe saß und allmählich vergessen wurde, erfuhr viel. Die drei Frauen redeten heftig durcheinander, und ab und zu flocht Lasse ein paar heisere Worte ein.

Sie redeten über ihre Schicksalsschläge. Irgendeine Person hatte Henriksson und Bast beim Zoll verraten und somit deren Tod verursacht (und das war *nicht* Krulle, wie boshafte Zungen behaupteten). Irgendeine Person hatte die Ladung der »Eider« gestohlen, als das Schiff als Wrack draußen lag.

»Und diese Ladung war alles, was wir hatten«, sagte Krullasses Tante. Irgendeine Person bezichtigte Krulle des Diebstahls, und das machte ihn um so verzweifelter, als er die Ladung für Beda Henriksson und Katrina Bast natürlich geborgen hätte, wenn er dazu Gelegenheit gehabt hätte und wenn diese unbekannte Person ihm nicht zuvorgekommen wäre. Aber nun war es einmal so, daß Andman dennoch glaubte, Krulle sei der Schuldige und lüge obendrein. Andman hatte gedroht, und Krulle hatte zurückgedroht – ja, und dann war es zu der tragisch übereilten Tat draußen auf dem Weg gekommen.

Den ganzen Winter über hatte Krulle sich jetzt im Wald versteckt gehalten. Er hatte sich mit Holzfällen durchgebracht und hatte sich einen Bart wachsen lassen. Und jetzt hatte er vor, die »Eider« zurückzukaufen, mit Frau und Sohn an Bord zu gehen und sobald es sich bewerkstelligen ließ, in See zu stechen – in die Welt hinauszusegeln. Aber diese unbekannte Person war ihm auf der Spur, und die beiden alten Trunkenbolde Donhoffs Kalle und Poltersheimer waren beauftragt, ihm aufzulauern.

»Und wir – wir können nichts tun«, sagte Katrina Bast. »Wir sind ja nur die Angehörigen von Schmugglern, während andere, die viel mehr Böses tun als wir, in der Stadt und im weiten Umkreis geachtet und angesehen sind...«

Silja hatte von dem gutherzigen Klingkors gehört, der die Schmugglerwitwen aufgesucht und angeboten hatte, das Wrack der »Eider« zu kaufen. Dafür war er sehr gelobt worden. Aber jetzt bekam sie zu hören, daß die Witwen keinesfalls hatten verkaufen wollen, daß er ihnen aber mit dem Gefängnis und vielen Unannehmlichkeiten gedroht hatte, wenn er seinen Willen nicht durchsetzen könne, – und so ging die »Eider« in seinen Besitz über und war jetzt den ganzen Winter über auf der Werft gelegen. Bis zum Frühjahr sollte sie wieder instand gesetzt werden, sie war nicht ernsthaft beschädigt gewesen.

Krullasses Mutter sagte, während sie Tassen und Brot auf den Tisch stellte und das Lampenlicht ihre Haare zum Glänzen brachte: »Aber ihr hättet auf eure Männer aufpassen und sie am Schmuggeln hindern müssen! Eigentlich ist es eure Schuld, daß es so gekommen ist!«

Krulles Schwester antwortete: »Zu allen Zeiten, seit das Land in den Tagen König Tulles zum erstenmal bebaut wurde, sind wir von der Silmarsinsel zur See gefahren und haben Handel getrieben, mit wem wir wollten. Jetzt kommen fremde Menschen mit Bestimmungen und Verboten – nur damit ein paar wenige ihren Nutzen daraus ziehen können und der Rest von ihnen abhängig wird. Aber wir von der Silmarsinsel machen, was wir wollen und gehorchen nur uns selbst!«

»Aber Krulle...«, begann Krullasses Mutter.

Krulles Schwester unterbrach sie.

»Ja, deinem Mann hast du harte Zügel angelegt – ihm, der es gewohnt war, zu fliegen wie eine Möwe. Er hat sich dir gebeugt, weil er dich gern hat. Du hast ihn daran gehindert, zur See zu gehen...«

»Ich hielt es nicht aus, immer so allein und voller Angst zu sein!« schrie Krullasses Mutter und stampfte auf den Teppich.

»Du hast ihn wie einen Kettenhund gehalten«, fuhr Krullasses Schwester fort. »Du bist genauso sehr schuld daran, daß es so gekommen ist.«

»Ein Werwolf«, weinte Krullasses Mutter, »das ist er...«

Silja erschauerte auf ihrer Bank im Schatten. Auf einmal wurden Base Preiselbehrs Geschichten lebendig: glänzende Augen starrten durch die Fensterscheiben herein. Werwölfe waren unglückliche verzauberte Tiere. Wenn Krulle früher gelebt hätte, wäre er ein Held gewesen – wie Ramunder oder Jung Skytt oder warum nicht wie König Tulle selbst, einer, der die Gestalt wechselte, sich von einem Vogel in einen Wolf, von einem Seehund in einen Mann verwandelte.

»Er hätte nicht Zöllner werden dürfen, da er doch wußte, daß es seine Aufgabe werden würde, die Verwandtschaft festzunehmen...«

»Er hat nie jemanden festgenommen.«

»Aber er hätte es tun müssen.«

Sie starrten sich an. Dann sagte Krulles Schwester:

»Ja, die Ladung der Eider bekommen wir nie zurück. Also werden wir jetzt einen Käufer für das Haus hier finden müssen.«

»Aber ich verkaufe nicht«, sagte Krulles Frau und ballte die Fäuste im Schoß. »Ich sage euch, daß das Haus alles ist, was ich noch habe, jetzt, da Krulle ein Missetäter geworden ist und Lasse nur noch schweigt und sich bei jeder Gelegenheit aus dem Staub macht. Wenn Krulle *meinen* Rat befolgte, würde er sich der Polizei stellen, seine Strafe annehmen und sein Verbrechen nach dem Gesetz verbüßen, ich würde auf ihn warten, und wenn es zehn oder zwölf Jahre dauern sollte, und wenn er aus dem Gefängnis käme, wäre hier alles schön und gut...«

Ein Weilchen herrschte Schweigen im Zimmer, dann sagte Krulles Schwester heiser:

»Früher konnte man noch einen Vergleich erreichen. Aber Gunhild, heutzutage ist die Strafe für Totschlag schlimmer als das Verbrechen selbst. Im Gefängnis würde er wahnsinnig werden. Er würde um sich schlagen. Dann würde er in Ketten gelegt. Manche halten das vielleicht aus, er aber nicht. Er würde dafür sorgen, daß sie ihn nach Sibirien schicken. Hast du schon einmal einen Gefangenentransport gesehen? Nein, das hast du nicht. Die Gefangenen haben den halben Kopf kahl rasiert, sie tragen graue gestreifte Kleidung, um den Leib und um den Hals, um die Hände und Füße tragen sie Eisen und Ketten, daß sie kaum gehen können. Sie werden mit dem Zug nach Viborg verfrachtet und von dort nach Sibirien in die Bergwerke.«

Jetzt weinte auch Katrina Bast.

»Wenn Sigurd nur am Leben wäre, würde ich ihm überallhin folgen, ganz gleich, wohin, und ganz gleich, was er getan hätte, und wenn er triefnaß wäre und Seegras im Haar hätte... Aber du hast Angst, Gunhild!«

»Ja, natürlich habe ich Angst, dagegen kann ich nichts tun!« schrie Krullasses Mutter. »Und Böses muß gesühnt werden!«

»Glaubst du etwa, daß er es leicht gehabt hat, jetzt im Winter?« fragte Krulles Schwester. »Ihm wird die Brust ganz schön gebrannt haben. Ich kenne ihn schließlich. Heftig ist er zwar, aber nicht schlecht. Wenn Andman dadurch wieder lebendig würde, würde er sich stellen. Doch das kann durch nichts mehr gutgemacht werden, und jetzt kommt es darauf an, ob Krulle auch untergehen soll, oder ob wir ihn noch retten können.«

Krullasses Mutter sah kläglich aus, wie sie mit ihren glänzenden Haaren und in ihrem karierten Wollkleid so unter der Lampe saß. Die beiden anderen neben ihr, die im Dunkeln saßen, wo die Farben der Teppiche verschwammen, erinnerten eher an Schatten. Krullasses Mutter sah sich um und erblickte Silja, die mit laufender Nase und tränenden Augen still und erschüttert immer noch ihre leere Tasse in der Hand hielt.

»Lasse«, sagte sie, »du mußt deine Botin nach Hause bringen.«

Und Lasse und Silja gingen zusammen hinaus.

Es tropfte nicht mehr von den Dächern. Keine Spatzen sangen. Aus der Ferne ertönte Hundegebell, und aus den Schenken am jenseitigen Ufer drangen Stimmen. Türen wurden zugeschlagen.

»Ein Glück, daß es dunkel ist, dann sieht niemand, daß wir zusammen unterwegs sind«, sagte Krullasse.

»Ich kann gut alleine gehen«, sagte Silja mutig.

Er antwortete nicht. Aber als sie auf den Fahrweg hinaufkamen, der sich unterhalb des steilen Rummelberghanges am Fluß entlangwand, nahm er sie an der Hand. Oben auf dem Rummelberg lag der neue Friedhof, schwarze Eisenkreuze und stachlige Zäune ragten dort aus den Schneewehen heraus. In der Dunkelheit sahen die Tannen wie Witwen in schwarzen Umschlagtüchern und schwarzen Röcken aus, die sie über dem Schnee hochhoben. Aber Silja hielt Krullasse fest an der Hand und fürchtete sich weder vor dem Dunkel noch vor sonst etwas. Über ihnen, hoch über ihnen, war die klare Dunkelheit voller Sterne.

Krullasse begleitete sie über die Brücke und die Gassen hinauf, bis an die Goldkronenecke.

»Sag Stefan, er soll Vater ausrichten, daß wir unser Möglichstes tun. Wir werden den Kaufpreis schon irgendwie auftreiben.«

»Ja«, sagte Silja und sah in sein Gesicht hinauf.

»Wenn Stefan dir wieder eine Nachricht mitgibt, gehst du am besten gleich damit zu meiner Tante.«

»Ja«, sagte Silja.

»Und das von heute nachmittag darfst du mir nicht übelnehmen...«

»Nein...«

Er zog seinen Handschuh aus und strich mit seiner rauhen Hand über die Wange, die er beinahe angespuckt hatte.

Silja kam mit roten, zwinkernden Augen nach Hause. Die Lampe leuchtete über dem Küchentisch und spiegelte sich mit blasserem Schein im schwarzen Glas der Fensterscheiben. Das Feuer summte. Mutter stellte einen Teller Erbsenbrei vor sie hin. Und während sie aß, erzählte Sissela: Als der Poltersheimer keine Anstalten zu gehen gemacht hatte, hatte Stefan ihn gefragt, ob er auch Bauchschmerzen habe, und da grinste der Poltersheimer: »Genau wie du«, und Stefan fragte: »Wollen Sie auch Tropfen einnehmen?« und zeigte die alte Taschenpulle, und der Poltersheimer glaubte, es wären Branntweintropfen, und während Stefan sich mit dem Poltersheimer kabbelte, mischte Sissela in der Kammer Sabadill-Essig und Alaun und den Rest des Chinins, das Mutter vom Apotheker bekommen hatte, und Bikarbonat und ein wenig Wermutbranntwein, der *tatsächlich* gut für den Magen war, und goß das alles in die Pulle, und Stefan reichte es dem Poltersheimer in einer Tasse und sagte: »Trinken Sie einen ordentlichen Schluck, das hilft am besten!«, und das tat der Poltersheimer dann auch, und da schlugen ihm wahre Schwaden aus dem Rachen, und er wurde feuerrot, und seine Augen drangen ihm wie Korken aus dem Kopf, und dann stürzte er keuchend und heulend zur Tür hinaus.

»Wir haben ihn heute nicht mehr gesehen«, sagte Sissela. »Aber Donhoffs Kalle kam ganz verschwitzt nach Hause und ging zu ihm hinein, und der ganze Hof konnte durch die Wände hindurch hören, wie sie sich gegenseitig anschrien.«

7. Die Hexen

Ein südwestlicher Sturm ließ das Eis aufbrechen, und ein nördlicher blies es ins Meer hinaus. Oben vom Wachberg aus konnte man das Meer in seiner ganzen dunkelblauen, von Treibeissträngen durchzogenen Pracht sehen.

Der Boden war jedoch immer noch schneebedeckt. All die emsigen Rinnsale, die über die Südhänge hinabrieselten, gefroren abends wieder zu Eis und knirschten beim Gehen unter den Füßen. Und auf dem Fluß blieb das Eis hartnäckig liegen, obwohl die Strömung in der Mündung Scholle um Scholle loslöste und ins Meer hinausführte.

Es wurde Ostern, und am Ostersamstagabend schien die Sonne im Westen wie ein glühendes Goldei. Aus allen Häusern und

Höfen von Torkeltanz stob, fuhr, schwang, wirbelte und tanzte wunderliches Hexenvolk heraus. Das war hier am Vorabend von Ostern so Brauch. Einige hatten Kuhschellen dabei, andere hämmerten auf Topfdeckeln und Ofenklappen oder bliesen in Tonvögel oder in Hörner aus Erlen- und Birkenrinde. Manche hatten flatternde Bärte oder Schnauzen aus Sackleinwand oder Rinde vor dem Gesicht. Und gekleidet waren sie in die sonderbarsten Lumpen und Hutgebilde der Welt. Der kleine Rulle hatte einen Schnurrbart aus schwungvollen Birkhahnfedern und einen echten Kartoffeljägerhelm auf, der seinem Urgroßvater gehört hatte. Alle Blombacherkinder trugen Perücken aus lockigen Hobelspänen.

Die drei Halters-Mädchen waren natürlich auch dabei, aber sie hatten dieses Jahr nicht so viele Sachen zum Verkleiden wie früher. In der Kiste in der Küche herrschte eine fast gähnende Leere – der Großmutterschal war verschwunden und ebenso die Fransendecke und der lange schwere Wollrock, der in Rot, Braun und Blau gestreift war, und die beiden Spitzenschürzen und die Weste mit den Messingknöpfen und die schönen Stoffe, die Vater früher einmal mitgebracht hatte und mit denen Mutter nie so recht etwas anfangen konnte, waren nicht mehr da. Als sie Mutter fragten, sagte sie müde, sie habe das alte Mottenfutter verkauft, das sowieso nur Platz beanspruche.

Die Mädchen waren enttäuscht. Aber sie bemühten sich dennoch, sich zu verkleiden. Sissela hatte Sannas Rock ausgeliehen, der ihr bis an die Füße reichte, und Sanna trug Mutters Rock. Mutter selbst mußte zu Murresterns Osterball, und obwohl sie nur in der Küche aushelfen sollte, mußte sie ihr bestes Kleid anziehen und eine weiße Schürze dazu, und um die Haare mußte sie ein weißes Kopftuch binden.

Silja war in Mutters lange Werktagsschürze geschlüpft. An die Rocksäume und an ihre Kopftücher hatten sie Hühnerfedern genäht, die sie von Bonadea bekommen hatten, und die Gesichter hatten sie sich mit durchgeschnittenen roten Rüben und mit Kohle vom Herd mit Streifen bemalt.

Dann erinnerte sich Sissela an den gehäkelten grünen Schal, den sie sich immer um den Bauch wickelten, wenn sie Bauchschmerzen hatten, und mit dem sie immer »Ich-bin-eine-wehende-Birke« spielte. Silja zankte ein wenig mit ihr, da sie ihn auch gern gehabt hätte, aber es endete damit, daß Sissela ihn doch haben durfte. Und dann hatte sie noch die Mundharmonika, die so eingedellt war, da sie daran herumgekaut hatte, als sie klein war.

Bevor sie hinausgingen, fragten sie Mutter, ob sie länger aufbleiben durften als sonst. Mutter zögerte, erlaubte es aber schließlich, doch nach Einbruch der Dunkelheit sollten sie nicht mehr allein draußen sein. Mit klangloser, brüchiger Stimme rief sie in der Tür hinter ihnen her:

»Ich werde versuchen, euch etwas Gutes mitzubringen!«

Durch die Tür bei Blombachers strömte der Duft nach frischgebackenem Brot, und die ganze Blombacher Hexenschar hielt Butterbrote in der Hand. Als sie die Goldkronenstraße hinunterrannten, trat die Katzenpatronin auf ihre Treppe hinaus. Ihre Haare standen wie wehendes Seegras vom Kopf ab, und die Sonne glühte in ihren Augen – sie sah wie eine echte Hexe aus, nicht wie eine verkleidete. Der gewaltige Schlüsselbund, den sie immer an einem Band um den Hals trug und der ihr beim Gehen gegen die Knie schlug, hätte sie ohne weiteres zu einer Gefängnishöhle führen können oder zu Schatzkisten oder zu Turiams Keller... Ihr Kleid war voller Löcher, und durch die Löcher war ein weiteres Kleid zu sehen, und durch die Löcher in diesem ein drittes.

Silja und Sissela eilten mit den anderen an ihr vorbei, sie krakeelten aus Leibeskräften und sangen:

»Timbermann und Tuter,
Tuters Heul und Böckings Tut
Heuler selbst und Heulers Knecht
rubbi di rank
Hexe im Schrank
Rindenbart, hau ihn hart,
hinten tanzt der Donnerbock
– und der kleine Ochse.«

Die Sonne brannte ihnen aus allen Fenstern an der rechten Straßenseite entgegen, als sie hinaufrannten, und an der linken Seite, als sie wieder umdrehten und hinunterstoben. Sie tollten und hüpften und sprangen bis zu der kleinen russischen Kirche, die Kirche der heiligen Irina, die sich in einem Birkenwäldchen östlich von der Stadt befand. Die kleinen Kuppeln der Kirche tauchten wie zusammengekauerte blaue Tauben zwischen den Stämmen auf, die vergoldeten Kreuze mit den Schrägbalken schimmerten in der Sonne. Die verkrusteten Schneewehen waren in rosa oder blaue Farben getaucht.

Auf der Brücke über dem Fluß wurde getanzt. Ein paar ältere Hexen tanzten mit richtigen Tanzschritten voraus, aber die meisten stolperten einfach hüpfend hinterher oder wirbelten im Kreis herum. Dann faßten Sanna und Beata sich an den Händen und begannen das alte vertraute Singspiel:

»Machet auf das Tor,
machet auf das Tor,
es kommt ein kristallner Wagen,
wer sitzt darin, wer sitzt darin?
Der Kaiser, er reist seit Tagen
von seinem schwindelhohen Schloß,
so weiß wie Schnee,

so schwarz wie Ruß.
Armer Ritter,
du junges Blut,
wer zuletzt kommt,
verbrennt auf der Glut.«

Plötzlich war die Sonne verschwunden.

Sissela hing an Siljas Hand. Sie wurden in dem Gedränge herumgestoßen. Sanna und alle, die sie kannten, waren verschwunden. Ringsum befanden sich fast nur Halbwüchsige und Erwachsene. Alle Tänze und richtigen Spiele waren von der drängelnden Masse verschluckt worden. Es wurde gepfiffen und geschrien, die Brückenbohlen dröhnten. Die beiden Mädchen waren von schaukelnden, wippenden, verkehrt herum angezogenen Pelzen umgeben, von Schnauzen und Hörnern aus Rinde und geflochtenem Stroh, von grinsenden Vogelscheuchen. Silja versuchte, über sie zu lachen, sie war aber ganz außer Atem und begann sich zu fürchten, und Sissela jammerte irgendwo hinter ihrem Rücken.

»Silja«, schluchzte sie, »ich will nach Hause!«

Längs der Flußufer, hoch oben auf der Spitze des Wachberges und hinten auf dem Tulaburghügel flammten die Osterfeuer auf. Schüsse hallten und knallten durch die grüne Dämmerung, ihr Echo erklang aus immer größerer Entfernung. Das Feuer auf dem Wachberg hatten die Kartoffeljäger entflammt, es loderte haushoch in den Himmel. In früheren Zeiten, dachte Silja, zündeten sie dort oben Wachfeuer an, wenn Feinde kamen... Schritt für Schritt schleppte sie Sissela hinter sich her, auf das eigene Ufer zu, heimwärts.

Eine lange Reihe Hexen und Hexer kam die Himmelsgasse heruntergetanzt und blies dabei in Jagdhörner, ließ Hasenratschen rattern und heulte mit groben Stimmen. Die letzte Hexe war größer als die anderen, obwohl sie den Rücken krumm machte. Sie bewegte sich auch rascher als die anderen und mit größerer Kraft. Und als sie an Silja und Sissela, die sich atemlos ans Ufer hinaufgeschoben hatten, vorbeihüpfte, erhaschten die Mädchen einen Blick aus ihren Augen, die brennend scharf waren. Unter dem Zipfel des Kopftuches sahen sie auch ihr Kinn hervorschauen. Die Hexe hatte einen Bart. Und die Füße, die breit unter dem Rocksaum einhertrampelten, waren groß und steckten in derben Lederstiefeln. Die Füße gehörten einem Mann.

Silja zog Sissela hinter sich her und begann so schnell sie konnte die Bachstraße entlangzurennen. Der Lärm nahm zu. Jetzt hatten die Bauernjungen aufgehört, nach den Hexen am Firmament zu schießen und kamen statt dessen in die Stadt, um sich in die übliche Osterbalgerei mit den Stadtjungen zu stürzen.

Der Lärm verfolgte die beiden Mädchen. Sie liefen schneller und schneller durch die dunkler werdende Abendluft, die ihnen dröhnend entgegenströmte und Häuser mit sich zu führen schien, die sich mit dem Schlag ihrer Herzen dehnten und zusammenzogen, und Bäume, die bedrohlich ihre Köpfe senkten. Unter ihren Kleidern brach stechend der Schweiß hervor, und Sisselas Hand entglitt Siljas Fingern.

Sie begegneten der Nachtwache und den beiden Polizisten, die mit festem Schritt zur Brücke unterwegs waren, und rannten dann hinter dem Boulevard durch die friedlichen Straßen, in denen die vornehmen Herrschaften wohnten. In vielen Häusern wurde gefeiert, sie erstrahlten vor Licht, die Fenster waren geöffnet, und warme Dämpfe und Speisedüfte schlugen heraus. Eine Magd eilte über einen Hof, sie sang »Ich weiß ein Arkanum gegen den Schmerz...«, dann schlug die Küchentür hinter ihr zu. Keine von ihnen wußte, was ein Arkanum war, aber es klang wie ein Zauberwort, wie eine schwarze Krähe, Arkanum, Arkanum, hallte es hinter ihnen her.

Als sie in der Gartenstraße angelangt waren, stolperte Sissela und fiel hin und zog Silja mit sich herab. Sie taumelten und stürzten durch einen sprühenden Funkenregen, der sich an den Händen und Knien festsetzte und zu brennen begann.

Silja richtete sich wieder auf. Sissela blieb auf dem Bauch liegen und begann keuchend zu weinen. Ihr Weinen wurde immer lauter, je mehr sie zu Atem kam.

Silja riß die Augen auf und brachte die wirbelnde Welt zum Stehen. Sie hatte ihre Hände und Knie auf der eisigen Kruste der Fahrbahn blutig aufgerissen. Die Strümpfe waren durchlöchert. Sissela hatte außerdem noch die Wange aufgeschürft, sie sah schrecklich aus, als Silja sie umdrehte. Ihre Tränen hinterließen helle Spuren auf den Wangen, wo sich das Blut mit Ruß und Roterübenfarbe vermischte.

»Still!« schluchzte Silja und schüttelte sie. Aber Sissela fuhr fort zu weinen. »Sie holen uns ein! Sie fangen uns – sei still, hörst du!«

Von hinten näherten sich Schritte, und Silja versuchte, Sissela hochzuzerren, doch sie ließ sich nicht von der Stelle bewegen. Die Schritte wurden immer lauter, und voller Entsetzen wandte Silja ihr Gesicht den Verfolgern zu.

Es waren keine Hexen, sondern ein Herr und eine Dame. Ein Herr mit hohem schwarzem Hut und glänzendem Halstuch. Eine Dame mit allerdünnster Taille und bauschigem Pelz über den Schultern.

»Ach, ihr Ärmsten!« sagte die Dame, und ihre Stimme klang so klar wie Gesang.

Sie kniete neben den beiden Kindern hin, und ihre Röcke wallten und rauschten dabei, und dann legte sie den Arm um sie. Sie sprach mit ihnen und tröstete sie, und ihre Stimme klang wie

Regen, so lieblich und erfrischend, aber hinterher konnten die Mädchen sich an kein einziges Wort erinnern, das sie gesagt hatte. Sie holte etwas aus ihrem quastengeschmückten Retikül, das sie neben ihren Muff auf den Boden gelegt hatte, und drückte dann jeder von ihnen ein Ei in die Hand, strich ihnen über die Wangen, nickte und stand auf. Ihr Mann, der stumm und still daneben gestanden hatte, nahm ihren Arm. Und dann waren sie verschwunden, Schatten unter Schatten, und die Straße war leer.

Als die Mädchen nach Hause kamen, leuchtete die Lampe über dem Küchentisch, und das Feuer knisterte. Sanna lief ihnen aufgebracht entgegen.

»Wo seid ihr gewesen?« schrie sie. »Wie seht ihr überhaupt aus? Ihr ungezogenen Gören, Mutter hat doch gesagt, daß ihr nach Einbruch der Dunkelheit nicht draußen sein dürft... ich habe euch gesucht, ich habe euch so gesucht!«

»Wir sind auf dem schnellsten Weg nach Hause gekommen!« verteidigte sich Silja gekränkt.

»Und sieh mal, was wir bekommen haben!« piepste Sissela. »Das war ganz bestimmt eine Gräfin, sie hatte ganz viel Pelz an, Füchse und so...«

»Auf der Brücke gab es eine Schlägerei«, erzählte Sanna und begann die beiden Kleinen zu waschen. »Die großen Jungen aus den Dörfern hatten Stroh aus den Scheunen angeschleppt und zündeten mitten auf der Straße Feuer an. Schrecklich war das! Was habt ihr denn da?«

Sie hielten die Eier hoch, die sie bekommen hatten. Die Eier waren aus grobem, funkelndem Kristallzucker, von dicken Zuckerrosen und Zuckerblättern umrankt.

»Sie sind gar nicht schwer... sie sind innen hohl...«, sagte Silja und schüttelte ihres. Am schmalen Ende hatte es ein kleines Fenster. Sie guckte hinein, wie durch ein Schlüsselloch. Da war etwas zu sehen... Sie hielt das Ei gegen die Lampe und sah, daß es innen viel größer war als außen, daß ein Meer aus Berggipfeln in ihrer Hand Platz fand – im Inneren des Eies befand sich eine kleine Landschaft, unendlich weit entfernt, aber sehr deutlich sichtbar.

»In meinem ist ein Schloß!« rief Sissela. »Und ein Fluß mit einer Brücke. Und eine Stadt, oh, was für eine hübsche kleine Stadt, mit Türmen, die herausschauen – oh, ich will da hinein!«

»Das sind Guckeier«, erklärte Sanna ehrfürchtig. Und danach wurde sie energisch. »Jetzt müßt ihr aber ins Bett. Mutter hat gesagt, ich solle auf euch aufpassen.«

Sie widersprachen lautstark. Mutter hatte erlaubt, daß sie länger als sonst aufbleiben durften. Übrigens hatten sie Hunger und wollten ihr Abendessen.

»Na ja«, gab Silja gnädig nach, »ich kann ja ein wenig Tee kochen...«

Im Torkeltanz trank kaum jemand Tee oder Kakao, dort wurde nur Kaffee getrunken. Amerikakaffee und Löwenzahnkaffee und Zichorienkaffee und Kaffee aus Roggen und gebrannten Erbsen und allem möglichen, Hauptsache, er war braun und bitter und man konnte sein Brot in ihn stippen. Aber die Halters-Mutter war manchmal beim Kaufmann Solander, um dort zu putzen, und dort hatte sie das Teetrinken kennengelernt. Und dort hatte sie auch gelernt, daß man den Tee in einer sorgfältig geschlossenen Blechdose aufbewahren muß, damit er seine besonderen Teekräfte nicht verliert und nur wie gewöhnliches Heu schmeckt.

Also deckten die Mädchen den Tisch für ihr eigenes kleines Osterabendfest. Sie löschten die Lampe und zündeten eine achtmal gezogene Talgkerze an. Sie holten einen Topf mit Wacholdersirup aus dem Schrank, und ganz oben im Flurschrank entdeckten sie einen Topf mit Hagebuttenmus vom Herbst, das nur ein klein wenig schimmelig und gegoren war und eine so schöne, warme Farbe hatte. Mutter hatte mehrere geheimnisvolle Pakete in Zeitungspapier mitgebracht, doch die wagten sie nicht anzurühren. Statt dessen sammelten sie alle Brotreste, die sie finden konnten und rösteten sie auf dem Herd.

»Und Stefan«, brodelte Sanna, »dieser Strolch, treibt sich draußen herum, stromert durch die Gegend, ich verstehe nicht, daß Mutter nicht strenger mit ihm ist...«

Silja und Sissela kauten und tranken und ließen Sannas Gebrodel zum einen Ohr herein und zum anderen wieder hinaus gehen. Sie zankten sich zwar untereinander, aber nie mit Sanna oder Stefan. Und Sanna stritt sich zwar mit Stefan herum, die beiden Kleinen aber ermahnte sie nur. So waren sie es gewöhnt – ebenso wie sie an die Klagen der Erwachsenen über die Herren der Stadt und des Landes und über das Wetter gewöhnt waren.

Stefan kam sehr spät nach Hause, als die Teekanne fast leer und Sanna zu müde war, um zu schelten. Sie schenkte ihm eine Tasse Tee ein und fragte: »Wo bist du gewesen, du Schlamper?«

Er lachte wortlos und rieb seine Finger in der Wärme.

»Das errätst du nie!« sagte er.

Silja spitzte die Ohren, – so lebhaft und ausdrucksvoll hatte er schon einmal gesprochen, und das war damals, als...

»Bei Krulle!« sagte sie.

»Psst!« machte er über den Rand der Tasse. »Er sticht heute noch in See!«

»Allein?« fragte sie.

Stefan stopfte gierig Brotkante um Brotkante in sich hinein, kaute, daß er Beulen in die Wangen bekam, schlürfte, daß der Tee in der Tasse blubberte. »Großschwarzmanns Simon fährt mit«, sagte er. »Und Lasse.«

»Und der Kaufpreis?« wagte Silja zu fragen.

Stefan begann zu lachen, und es glitzerte zwischen seinen dichten Wimpern. »Wir haben alle mitgeholfen«, erklärte er.

»Und als Krulles Frau das Haus nicht verkaufen wollte, hat Beda Henriksson ihres verkauft, jetzt wohnt sie bei Katrina Bast auf dem Dachboden.«

»Und Krulle, wo ist der jetzt?«

»Bei Großschwarzmanns. Die sind auch von der Silmarsinsel. Und Großschwarzmann arbeitet ja auf der Werft, er hat auch die ›Eider‹ instandgesetzt, – sie haben sie heute abend, nachdem es dunkel geworden war, vom Stapel laufen gelassen.«

»Aber«, fragte Sanna, »er wird doch überall gesucht? Wie ist er denn überhaupt zum Rummelstrand hinuntergekommen? Ist er geflogen?«

Stefan lachte noch mehr. »Du sagst es«, schnaubte er und mußte seine Tasse hinstellen. »Er ist dort hingeflogen! Auf einem Besen!«

»Das habe ich doch gewußt«, sagte Silja ernst. »Ich habe gewußt, daß er sich verwandeln kann. Sogar in eine Hexe, wenn er will.«

Und plötzlich wurde sie unruhig. »Wir müssen hinunter zur Brücke und uns verabschieden!« Kaum war das ausgesprochen, wurde sie so ungeduldig, daß sie von der Bank aufsprang und sich sofort die Stiefel anzuziehen begann. Sanna sagte, Mutter habe ihnen verboten, bei Dunkelheit allein hinauszugehen. Silja wandte ein, daß sie ja gar nicht allein wären, wenn sie alle zusammen gingen.

»Aber wenn der Poltersheimer uns sieht?« fragte Sissela.

Stefan ging auf Zehenspitzen hinaus, um die Lage zu erkunden, und kam mit der Nachricht zurück, daß der Polterer und der Donhoffer in der Polterküche säßen und Ostern feierten. Sie hatten sich schon so vollaufen lassen, daß sie den Kopf kaum noch auf den Schultern halten konnten.

Also huschten sie rasch hinaus, alle vier hintereinander, die dunkle Straße hinunter, zwischen den dunklen Häuserreihen hindurch. Silja hatte ihr Guckei in die Schürzentasche gesteckt. Sie überquerten die Brücke, wo sie über Abfälle und Lumpen stolperten, die die Osterhexen zurückgelassen hatten, dann bogen sie nach links ab und folgten dem Weg, der unterhalb der bedrohlichen Steilhänge, Riesensteinbrocken, Findlingen und Tannen des Rummelberges entlangführte – derselbe Weg, den Krullasse und Silja in entgegengesetzter Richtung zurückgelegt hatten. Aber diesmal kam er ihr ganz anders vor, irgendwie holpriger und viel länger. Als sie endlich oberhalb des Rummelstrandes anlangten, schien der Mond ihnen entgegen und blendete sie fast. Er war rund wie eine Rübe und flammte in einem noch wärmeren Rot als die Sonne früher am Abend. Der ganze Himmel hinter ihm war rot und faserig.

Und wie immer im Frühjahr dachte Silja, daß das Glucksen der Wellen gegen den Strand das schönste Geräusch war, das es gab, und der Geruch nach Wasser und Tang der beste Geruch.

Sie tasteten sich vorsichtig die gewundenen, matschigen Wege hinunter, zwischen windschiefen Häuschen und struppigen Gärten hindurch, an Ladekais, Brücken und Magazinen vorbei, bis zum Trockendock, wo Schiffe und Boote den Winter über aufgelegt wurden und das ein Stück weiter hinten lag. Dort hatten Großschwarzmanns, die so großes Geschick im Umgang mit Schiffen hatten, die »Eider« nach dem Schiffbruch repariert, und alle Leute in Rummelstrand glaubten, sie hätten es für Klingkors getan.

Zwei Frauengestalten mit Kopftüchern zeichneten sich dunkel gegen Himmel und Meer ab – Krulles Schwester und Katrina Bast. Die »Eider« lag auf dem Wasser und wiegte sanft hin und her, während die Wellen gegen ihre Seiten klatschten. Silja sah sich nach Lasse um, aber als er aus dem Schatten auftauchte, wußte sie nicht, was sie ihm sagen sollte. Irgendwo begann eine Turmuhr zu schlagen, und ein Hund beantwortete jeden Schlag mit wütendem, pflichtbewußtem Gebell. Das Echo trug die Glockenschläge und das Bellen über die Wasserfläche, bis es immer schwächer wurde und verebbte.

Irgend jemand sagte: »Das ist die Ostermesse, die jetzt in der russischen Kirche beginnt. Es ist halb zwölf.«

»Ist alles klar?«

»Fast.«

Krulle kam selbst an Land. In Stiefeln und dickem Pullover sah er gewaltig groß aus. Der Landesteg schwankte unter seinem Gewicht. Sein Gesicht war härter als es die Mädchen von damals in Erinnerung hatten, als sie ihm unterwegs im weißen Mondschein begegnet waren. Er hatte sich die Augenbrauen über der Nasenwurzel abrasiert, und der Bart verbarg sein Kinn mit dem verräterischen Grübchen. In der Hand hielt er ein Spielzeugschiff, das er den Hang hinauftrug und an den Platz stellte, wo die »Eider« den Winter über gelegen hatte. Er stellte es auf Stützen, damit es nicht zu übersehen war. Krullasse flüsterte in Siljas Ohr: »Am Kiel hat es ein Namensbrett, da steht ›Eider‹ drauf. Im Laderaum liegt ein versiegeltes Paket, auf dem Klingkors' Name steht, und in dem Paket ist der Kaufpreis. Morgen werden bestimmt viele Leute ganz schön erstaunte Gesichter machen!«

Die Frauen näherten sich.

»Alles klar«, sagte Großschwarzmanns ältester Junge Simon. Aber Krulle schob die kleine »Eider« hin und her und blieb zögernd stehen. Er blickte zu seinem Haus am Waldrand hinauf, wo sich der Mondschein in den Fenstern spiegelte, dann ließ er den Blick weiterwandern, und plötzlich war er mit langen Schritten unterwegs zum Haus der Witwe Andman.

»Was hast du vor?« zischte seine Schwester. Aber er antwortete nicht. Sie machte ein paar Schritte, um hinter ihm herzueilen, aber Katrina Bast hinderte sie daran. »Andmans Schlafzimmer geht in den Garten hinaus, sie schläft jetzt alleine dort«, flüsterte sie. »Er wird ihr wohl etwas sagen wollen, bevor er fährt...«

Sie warteten schweigend und etwas fröstelnd, umgeben vom Geruch des Wassers und dem Geräusch der Wellen, die Gesichter der leuchtenden Spur des Mondes auf dem Wasser zugewandt.

Nach einer Weile kam Krulle zurück. Ohne sich umzusehen, ging er an Bord und begann, mit halblauter Stimme Befehle zu rufen. Krullasse kam mit einer Taurolle über der Schulter angestiefelt, und da fiel es Silja wieder ein, warum sie überhaupt hierher gekommen waren. Sie eilte zu ihm hinüber, in den Schatten der »Eider« hinein.

»Gute Reise!« flüsterte sie. »Ich wollte dir doch eine gute Reise wünschen und dir auf Wiedersehen sagen...«

Sein Gesicht lag im Dunkeln, einen Augenblick lang schwindelte ihr vor Angst, er könne spucken. Aber er streckte ihr die Hand mit einem »Danke« entgegen. Seine Stimme war rauh, und seine Hand war ebenfalls rauh und klebrig vom Teer. Sie gab ihm ihr Guckei und flüsterte: »Frohe Ostern!«

Hinter ihrem Rücken sagte Sissela besorgt: »Aber wo ist denn Lasses Mutter? Warum ist sie nicht hier, um auf Wiedersehen zu sagen?«

Silja konnte nicht antworten, da ihr ein Tränenkloß im Hals steckte. Jetzt wurde der Landesteg eingeholt, und die Segel wurden gehißt. Das Keuchen der Männer, das Knarren und Knirschen der Seile, die über die Blöcke glitten, erfüllten die Stille.

»Sie werden doch nicht *vergessen* haben, es ihr zu sagen?« fragte Sissela noch besorgter.

Die Rathausuhr schlug zwölf, und im selben Augenblick flammte hinten bei der Kirche der heiligen Irina Feuerschein auf. Alle Glocken der Irinakirche begannen zu läuten, – mit lautem, klingendem Jubel tanzte der Glockenklang hinaus in die Weite, vermischt mit vielen singenden Stimmen.

Die Segel der »Eider« waren gehißt, wie schräge schwarze Vierecke standen sie gegen den mondroten Himmel. Das Schiff legte von der Landebrücke ab. Es war unterwegs.

Da ließ sich das Geräusch rasender, stürmischer Schritte, die den Hügel herunterkamen, vernehmen.

»Gunhild!« schrie Katrina. »Das schafft sie nie...«

Aber Krulles Frau kam wie ein Wind dahergefahren, mit hochgerafften Röcken flog sie über einen Zaun, über einen Bretterhaufen. Inmitten ihrer wirbelnden Unterröcke schwirrten ihre Füße wie dunkle kleine Seevögel. Der Schal glitt ihr von den Schultern und blieb liegen.

»Du schaffst es nicht!« schrie Krulles Schwester, als sie vorbeisauste. Mit windgepeitschten Haaren stürzte sie auf die Brücke hinaus, stieß einen Ruf aus, breitete die Arme aus und sprang.

Im nächsten Augenblick war sie an Bord.

Die Erwachsenen sagten hinterher, das, was sie getan habe, sei unmöglich gewesen. Aber sie hatte es dennoch getan. Alle hatten es gesehen. Sie war wie ein Vogel über das Wasser geflogen, und Krulle hatte sie in seinen Armen aufgefangen.

Die Erwachsenen sagten: »Sie werden eine schreckliche Reise haben... mit all dem Treibeis im Wasser... sie werden verfolgt werden... aber niemand, nicht einmal der Oberlotse kennt sich so gut in diesen Gewässern aus wie Krulle... Was kann Gunhild nur dazu bewogen haben, sich so in letzter Minute zu entschließen? So habe ich sie bisher nur einmal rennen sehen, damals als Lasse drei war und fast ertrunken wäre...«

»Jetzt müßt ihr nach Hause, Kinder, ihr erkältet euch noch.«

Langsam und schweren Schrittes machten sich Krulles Schwester und Katrina Bast auf den Heimweg. Am Hang kam ihnen jemand entgegen. Es war noch eine schwarzgekleidete Frau, deren bleiches Gesicht im Mondschein leuchtete. Es war die Witwe Andman. Sie ging mit ausgestreckter Hand auf die beiden anderen Frau zu, einen Augenblick schwankten alle drei wie Schilfrohre im Wind, und dann neigten sie sich zueinander.

Auf dem Heimweg sagte Sissela gähnend:

»Schade, daß du dein Guckei hergegeben hast, bevor du es Mutter zeigen konntest.«

Silja antwortete tapfer:

»Das macht nichts, ich kann ihr erzählen, wie es aussah. Ich weiß ja noch, wie es drinnen aussah.«

Aber als sie sich ihre verzauberte Landschaft vorstellen wollte, konnte sie es nicht. Statt dessen tauchte immer wieder ein nächtliches Meer vor ihren Augen auf, ein nächtliches Meer mit einer glänzenden, kupferroten Mondlichtstraße, und ein Schiff, das sich schwarz gegen den mondroten Himmel abhob. Sie konnte es ganz deutlich vor sich sehen. Und das Schiff wurde kleiner und kleiner.

8. Der verlorene Schatz

Als die Auferstehungssonne am Ostermorgen die Küche goldrot färbte, wachten die Mädchen aus alter Gewohnheit früh auf. Aber sie brauchten weder aufzustehen noch sich zu beeilen. Mutter war daheim. In dem Glas auf dem Tisch, in dem die Birkenzweige mit den ersten zarten Blättchen standen, steckte eine Tulpe aus Murresterns Treibhaus. Sie drehten sich wohlig im Bett um und schlossen die Augen. Als sie zum zweiten Mal aufwachten, war es viel dunkler, da die Sonne um die Ecke verschwunden war, aber sie sahen, daß der Himmel draußen blau war. Das Feuer im Herd prasselte und loderte. Mutter war schon auf und hantierte im Nachtjäckchen und Unterrock in der Küche. Ihre Haare hingen ihr in einem Zopf auf den Rücken.

»Frohe Ostern!« krähte Sissela und richtete sich auf. »Frohe Ostern! Frohe Ostern!« Sie sprang aus dem Bett und begann mit schlenkernden Armen um den Tisch zu hüpfen, immer wieder rund um den Tisch, um ihr Ei bewundern zu können.

Silja hatte noch einen Traum im Kopf, der aber so klein wie eine Eider auf den Wellen war, also ließ sie ihn verschwinden und flog ebenfalls hoch und stürmte mit Sissela im Kreis herum und sang:

»Ach, guten Tag, meine Rose,
ach, guten Tag, meine Blume,
ach, guten Tag, mein Admiral!
Hopp, du lustige Alte!«

Mutter antwortete »Frohe Ostern!« und lächelte. Und dann deckte sie einen festlichen Ostertisch. Zwar nicht mit den Goldrandtassen, denn die hatten sie nicht mehr, aber mit den Porzellantassen, die sie einzeln bei den Trödlern in der Rafflergasse gekauft hatten und die alle verschieden waren. Sisselas Tasse war weiß und der Länge nach gewellt und hatte eine Rose auf dem Bauch. Silja hatte eine dicke Tasse mit dichtem blauem Muster, deren oberer Rand wie eine Krempe nach außen gewölbt war. Neben jeder Tasse lag ein Hase aus Hefeteig, mit Augen aus Rosinen und Perlzucker auf dem Rücken. Und auf der großen Platte lagen sowohl Kümmelkäse und Weichkäse als auch Scheiben von der gesalzenen Räucherwurst.

Die Mädchen seufzten vor Wonne und begannen sich zu waschen. Während sie lachten und plantschten und schwappten, daß sie Wasser in die Nase und Seife in die Augen bekamen, und sich anspritzten und schrien, tat Mutter ungerührt den gemahlenen Kaffee in die Kanne. Vater hatte schon sein Lied angestimmt, das heute aber nicht so sehr wie das Heulen des Windes klang, sondern eher wie die Begleitmelodie zum Lodern des Feuers.

Als Stefan herunterkam, begann er sich unaufgefordert zu waschen, und dannach trug er, ebenfalls unaufgefordert, den Abfallkübel hinaus.

Sissela sang weiter, ein Lied, das sie von der Badefrau in Frids Sauna gelernt hatte, die sie einmal im Monat aufsuchten:

»Lebe wohl, so leb denn wohl,
wir sehen uns wohl
bei Gott sogleich
im Himmelreich.«

»Setzt euch«, sagte Mutter, »wir essen jetzt.«

Sie führte Vater an den Tisch und schenkte allen Kaffee ein. »Herein!« sagte sie plötzlich mit lauter Stimme. Die Tür ging auf, und auf der Schwelle stand Bonadea mit roten Wangen und Wind im Haar.

»Frohe Ostern!« sagte sie. »Hier ist der Korb, den ich vorige Woche von euch geliehen habe.« Sie stellte ihn vorsichtig auf den Tisch. »Von Frau Frida Gäckeling!« sagte sie.

Der Korb war voller Eier. Sissela klopfte den Takt mit dem Löffel und begann ein neues Lied:

»Guten Tag, schön Hühnchen,
guten Tag, schön Mühmchen.«

Mutter sah Bonadea etwas verwirrt, überrascht blinzelnd und gerührt an. »Aber willst du denn...«, sagte sie.

»Guten Tag, schön Gackeling!
Hopp, du lustige Frida!«

»Setz dich zu uns und trinke wenigstens ein Täßchen Kaffee mit uns...«

Nach dem Kaffee färbten die Mädchen Eier. Sie packten sie fest in Zwiebelschalen ein und umwickelten sie mit Faden und sangen währenddessen unablässig:

»Ostern ist die Zeit der Wunder.
Seht, die Zauberblume bunt und bunter
blüht heraus aus dem Ei!«

Stefan behauptete, er sei zu alt für solche Kindereien, aber als die Eier fertiggekocht waren, kam er dennoch her und wollte sehen, wie sie geworden waren.

»Wie Schildpattmuster!« sagte die Mutter mit einem Seufzer.

»Mutter, hast du noch deinen Kamm aus Schildpatt, der –«

»Nein«, sagte die Mutter.

»Wenn jetzt Vögel ausschlüpften, würden sie nicht wie gewöhnliche Hühner aussehen«, sagte Sissela.

»Das geht aber nicht, die Eier sind doch gekocht«, wandte Sanna ein.

»Ich sagte WENN!« schrie Sissela. »Wenn sie verzaubert wären, meinte ich natürlich!«

»Dann würden Schildkröten herauskommen«, meinte Stefan.

»Nein! Goldhähnchen und Fasane und Kuckucke...«

Sie legten die Eier in eine Tonschale. Die goldbraunen Muster der Schalen sahen so schön aus wie Blumen. Sissela legte ihr kostbares Guckei auf einen besonderen Teller daneben. Dann liefen sie in das windige Sonnenwetter hinaus.

Die Blombacher-Buben und die Kröpelin- und Quist-Buben vom Nachbarhof planten ihre große jährliche Frühlingsrattenjagd, Beata und Rosmarie durften mitkommen. Vater Blombacher hatte die Schaukel aus dem Holzschuppen geholt und an neuen Seilen im Ahorn aufgehängt, und die Nesthäkchen Petrus und Fi wollten beide als erste schaukeln und zankten und heulten, bis ihnen die Nasen liefen, die Beata dann mit ihrer Schürze abwischte.

»Vater!« schrie Rosmarie durch den Wind, »kannst du nicht *zwei* Schaukeln machen?«

Vater Blombacher brüllte aus dem Dunkel des Holzschuppens zurück, das könne er wohl, wenn nur genügend starke Zweige zum Aufhängen da wären. Petrus und Fi kullerten auf dem Boden herum, und Base Preiselbehr, die um die Ecke gewackelt kam, schüttelte lächelnd den Kopf: »Ach, die lieben Kleinen, wie sind sie doch so wunderbar weich... Wenn unsereins so umherpurzeln würde, blieben wohl nur einzelne Teile übrig...«

Der Poltersheimer und Donhoffs Kalle kamen aus der Polterküche herausgewankt, sauer und zänkisch und auf schwankenden Beinen nach den Anstrengungen der Osternacht. Die Halters-Mädchen folgten Bonadea in die Goldkronenstraße hinaus. Das Schmelzwasser lief in einem glänzenden Netzwerk die Straße hinab, und die Mädchen rannten die Straße hinauf, daß ihnen das Wasser nur so um die Absätze spritzte, hinauf zum Berg der Verheißung.

»Heute ist Südwind«, sagte Bonadea und zeigte hinaus aufs Meer. »Das ganze Treibeis ist wieder herangetrieben worden, jetzt liegt es wie ein fester Wall vor der Küste.«

»Dann kann niemand sie verfolgen«, murmelte Sanna. Sie dachte an die »Eider«, und das taten Silja und Sissela ebenfalls. Die Möwen glitten im Gegenwind über ihren Köpfen. Die Glokken der großen Steinkirche dröhnten, aber hinten bei der heiligen Irina war es um diese Zeit still. Sie begannen Bonadea von der Mitternachtsmesse zu erzählen. Bonadea nickte: »Ich weiß. Ich war dort. Wir sind mit brennenden Kerzen um die Kirche gegangen, an allen vier Ecken brannten Feuer, alle haben gesungen, und da ist es Frühling geworden. Der Frühling erwachte in der Erde. Alle möglichen Kräfte wurden geweckt, der Boden unter den Fußsohlen zitterte fast, so stark war das. Und der Chor sang Segenswünsche für alle, die zu Land und zu Wasser unterwegs sind, und für alle Gefangenen und Unglücklichen. Der Chor sang noch vieles, aber das weiß ich nicht mehr.«

Dann rannten sie wieder bergabwärts, daß ihre Röcke wie Segel um sie flogen. Silja und Sissela witschten schnell ins Haus, um nachzusehen, ob Mutter da sei, und das war sie. Sie hatte aufgeräumt und die Küche in Ordnung gebracht und saß jetzt in ihrem Sonntagskleid im Schaukelstuhl und las Tulavalls Zeitung, die sie von den Blombachern ausgeliehen hatte.

»Wie die Ereignisse der letzten Zeit deutlich gemacht haben, würden dreißig Zollkreuzer nicht ausreichen, um den Schmuggel bei uns zu verhindern. Es gibt nur ein einziges Mittel, dieser Erbsünde der Küsten vorzubeugen, und das ist eine gemäßigtere Zolltaxe und weniger Verbote...«

»So solltest du immer dasitzen«, sagte Sissela anerkennend. Bevor sie mit ihrer Puppe im Arm hinausging, warf sie noch einen Blick in ihr Guckei.

Auf dem Hof war alles friedlich, also setzten sie sich auf den Holzplatz, wo der Bretterzaun vor der Eiseskälte schützte, die der Wind mitführte. Die Sonne strömte herab. Und sie begannen, »Goldkrone« zu spielen, ein Spiel, das mit dem Ereignis zu tun hatte, dem die Straße und die Gasse ihren Namen verdankten. Base Preiselbehr hatte es ihnen erzählt: Vor vielen, vielen hundert Jahren kam die Königin von Tuntula auf ihrem grauen Roß über den Berg geritten, und da stolperte das Roß und hätte die Königin fast aus dem Sattel geworfen, und ihre goldene Krone fiel herunter und rollte, rollte, rollte den Berg hinab, bis sie gegen einen Stein prallte, der an dieser Stelle aus dem Boden schaute, und in die Luft hinaufflog und gegen den Berg geworfen wurde, und wo sie hinuntergerollt war, entstand die Goldkronenstraße, und wo sie an den Berg geprallt war, entstand die Goldkronengasse, und der Stein, der die Krone auf ihrer Talfahrt aufhielt, liegt immer noch hier an der Goldkronenecke.

»Das war doch die Königin, die so schön war, daß sie Frau

Sola, Frau Sonne, genannt wurde«, sagte Silja. »Ich möchte zu gern wissen, ob sie dunkel oder hell war.«

»Eigentlich ist es zu früh für das Spiel«, meinte Sanna. »Es gibt noch keinen Löwenzahn, aus dem man die Goldkrone machen kann...«

»Dafür gibt es aber schon Weidenkätzchen!« sagte Sissela, und da sie auf die Idee gekommen war, durfte sie als erste Königin sein. Silja lief hinein, um Schnur zu holen, und benützte gleich die Gelegenheit, um Mutter verstohlen zu umarmen. Mutter saß im Schaukelstuhl und schaukelte, die roten Hände beschäftigungslos im Schoß, die Augen zum Himmel gerichtet, sie summte leise ein Lied, das sie auf der Gitarre gespielt hatte – zu jener Zeit, als sie noch eine Gitarre besaßen.

Die Mädchen zwirbelten einen spärlichen, struppigen Weidenkranz zusammen, den Sissela sich als Krone aufsetzte. Dann kletterte sie auf den großen Sägebock und ließ ihre Schürze wie einen Mantel von den Schultern flattern.

»Hier kommt die Königin geritten«, verkündete sie, »auf ihrem sechsbeinigen Pferd!«

Silja und Bonadea heulten vor Lachen, aber Sanna rief ernst: »Das gehört doch gar nicht dazu...«

Jedes Frühjahr sagte Sanna, daß sie dieses Jahr bestimmt nicht mehr so häufig wie sonst mit ihnen spielen könne, da sie jetzt doch so groß sei, daß sie Mutter helfen müsse. Silja und Sissela machten sich darüber keine großen Gedanken – jedes Jahr spielte sie dann doch mit.

Zum Mittagessen gab es gekochten Hecht, den Mutter auf dem Markt gekauft hatte, und Eiersoße aus einem der hartgekochten Eier. Und zum Nachtisch Pflaumensuppe und Reisbrei.

Mutter aß nie viel, nicht einmal, wenn es so gutes Essen gab wie heute. Aber die Mädchen, und vor allem Stefan, stopften sich voller Eifer gründlich voll. Vater aß langsam.

»Das ist ja ein richtiger Hochzeitsschmaus«, meinte Sanna. »Schade, daß keiner von uns jetzt heiratet.«

»Ich weiß! Klein-Anni muß Klein-Sven heiraten!« rief Sissela. Die Mädchen stürzten vom Tisch und begannen in der Flikkenkiste zu wühlen.

Daher überhörten sie auch die Schritte im Flur und das Klopfen an der Tür. Als Kaufmann Augustus Hoppe plötzlich in der Tür stand, hielten sie erstaunt inne. Stefan bekam sofort einen roten Kopf und beugte sich tief über seine Suppenschüssel.

»Ach bitte, setzen Sie sich doch«, forderte Mutter Augustus Hoppe auf. »Wie wäre es mit einer Tasse Kaffee? Ich wollte soeben den Kessel aufstellen...«

Augustus Hoppe wirkte sehr verlegen. »Danke... danke... und, hm... frohe Ostern...«, brachte er heraus, während er sich langsam in die Küche schob. Er war so dick und unförmig, daß er bei jeder Bewegung an die Möbel stieß. Seine Kleider waren blankgescheuert, und die vermischten Gerüche des Ladens – nach Tabak und Leder, neuen Hanfseilen und ranzigem Leinöl und vielem anderem – umgaben ihn in einer dicken Wolke. Er zwinkerte und blinzelte mit seinen wäßrigen kleinen himmelblauen Augen. »Sie sollten mir vielleicht lieber nichts anbieten«, sagte er und sah Mutter bei diesen Worten flehend an. »Ich komme da wegen einer Sache... Vielleicht hätte ich warten sollen, bis Ostern vorbei ist... Aber es ist doch für alle am besten, wenn die Angelegenheit ein für allemal geklärt wird...«

Mutter begegnete seinem Blick, und dann sah sie Stefan an. Stefan starrte in seinen leeren Teller hinunter.

»Ihr Mädchen«, sagte Mutter mit eintöniger, dünner Stimme, »ihr könnt Vater in die Kammer bringen.«

Alle drei gingen mit Vater in die Kammer und setzten sich dort auf die Bettkante. Sie konnten alles hören, was in der Küche gesagt wurde.

Mutter fragte: »Stefan hat also etwas angestellt?«

»Ja«, stöhnte Augustus Hoppe. »Es fällt mir schwer, es zu sagen – aber es ist schon so, – er hat einen Griff in die Kasse getan!«

»Ich habe nicht damit gerechnet, daß es so schnell bemerkt wird!« schrie Stefan beinahe. »Ich wollte alles so schnell wie möglich in die Kasse zurücktun.« Bei diesen Worten schob er den Stuhl polternd zurück.

»Also, ich habe mir folgendes gedacht«, sagte Augustus Hoppe rasch, »es ist ja völlig unnötig und dumm, ein großes Aufhebens davon zu machen, – wenn ich nur das Geld zurückbekomme, – der Stefan ist ja sonst ein guter Junge, und ich bin überzeugt, daß er es nicht böse gemeint hat.«

»Hast du das Geld noch?« fragte Mutter.

»Nein!« bellte Stefan.

»Hast du angefangen zu trinken?«

»Nein!«

»Was hast du damit gemacht?«

Er schwieg ein Weilchen, dann begann er widerstrebend zu sprechen: »Das kann ich nicht sagen, da ich versprochen habe, nicht darüber zu reden. Aber es ist nichts Schlechtes, und ich bekomme bestimmt bald alles zurück...«

»Wieviel?« fragte Mutter.

Augustus Hoppe nannte seufzend eine Summe.

»Aber wenn ich es mir überlege,« fügte er hastig hinzu, »so eilt es ja gar nicht, es ist ja gar nicht nötig, daß ich alles auf einmal zurückbekomme, – wenn Madame nichts dagegen haben – wenn wir uns nur alle einig sind...«

Mutter durchquerte das Zimmer. Sie rückte etwas hin und her, hob und schob etwas und zählte dann klirrende Münzen auf den Tisch.

»So«, sagte sie, »wenn der Herr Kaufmann so herzensgut sein

wollen, sich vorläufig mit der Hälfte zufrieden zu geben, werden wir dafür sorgen, daß der Rest so rasch wie möglich zurückbezahlt wird.«

»Ja, natürlich!« sagte Augustus Hoppe und klang sehr erleichtert. »Aber gewiß doch! Danke, danke bestens!« Und damit schob er sich am Wassereimer und an der Holzkiste vorbei, die Tür ging hinter ihm zu, man hörte ihn die Treppe hinunterstapfen.

Die Mädchen wagten sich in die Küche zurück. Inmitten von Krümeln und leergetrunkenen Tassen stand der kleine braune Marmeladetopf, in dem Mutter ihr Geld aufbewahrte. Ein paar Kupfermünzen lagen daneben. Stefan hatte die Ellbogen auf den Tisch gestützt und den Kopf in den Händen vergraben. Mutter saß im Schaukelstuhl und blickte an die Decke. Es war ganz still in der Küche...

Da hob Stefan jäh den Kopf. Zwischen seinen Wimpern glitzerte es. »So schimpf doch!« brüllte er. »Fang bitte an zu schimpfen, damit ich nachher fort kann!«

Sanna holte tief Luft und machte ein Gesicht, als hätte sie einiges zu sagen. Aber Mutter antwortete nur mit schwacher Stimme, wie aus weiter Ferne: »Was nützt das schon, wenn ich dich schelte? Du machst ja doch, was du willst... Aber ich überlege gerade, was wir jetzt tun sollen. Morgen ist nämlich der erste April. Und da wartet der Poltersheimer auf seine Miete.«

Silja und Sissela begannen gleichzeitig zu weinen, aber nur ganz leise.

»Und du hast Hoppe die ganze Miete gegeben!« sagte Stefan. »Das war doch wirklich nicht nötig. Er hätte ohne weiteres genauso auf die ganze Summe warten können, wie er jetzt auf die halbe wartet... Du hättest es dir vorher überlegen sollen, Mutter...«

»*Du* hättest es dir überlegen müssen«, sagte Mutter. »Schließlich weißt du ja, wie es um uns bestellt ist.«

Er starrte nur auf den Boden und wiederholte leise: »Ich habe nicht damit gerechnet, daß es so schnell bemerkt wird.«

Mutter begann ganz lautlos zu weinen. Da fuhr er hoch und stellte sich vor sie hin und rang die Hände. »Mutter! Mutter!« brachte er mit erstickter Stimme hervor.

Sie nickte durch die Tränen. Dann schneuzte sie sich.

»Sanna, stell den Kaffeekessel auf. Ein Glück, daß wir das alles nicht vor Ostern gewußt haben, denn dann hätte ich keinen Bohnenkaffee kaufen können.«

Sie tranken ihren Kaffee langsam, ernst und feierlich, als wäre das Kaffeetrinken eine Zauberhandlung, die ihnen in ihrer Not helfen könnte.

»Haben wir gar nichts mehr, das wir verkaufen können?« fragte Sanna und versuchte, sachlich zu wirken. Aber sie wußten alle vier, daß alles, was nicht wirklich unentbehrlich war, schon verkauft oder verpfändet war – die kleine Kaffeekanne, Kleider, Mutters Gitarre...

»Vielleicht der braune Schreibsekretär«, sagte Mutter schließlich. »Ich werde zum Blombacher hinübergehen und ihn fragen, er versteht etwas davon.«

»Blombacher ist nicht zu Hause«, sagte Sanna. »Morgen hat er auch frei, und da haben sie von Quists Pferd und Wagen geliehen und sind alle nach Rimdorf gefahren, und die Buben mußten ihre Rattenjagd verschieben, morgen abend kommen sie wieder zurück.«

Langsam und still verging der Tag. Mutter ging in die Kammer, um nachzudenken, wie sie behauptete. Als Sanna lautlos hineinspähte, sah sie Mutter weinend auf dem Bett liegen. Als sie etwas später wieder hineinschaute, schlief Mutter. Sanna deckte sie behutsam mit dem Schultertuch zu.

Die Mädchen saßen im Sofa und nähten mit zäher Ausdauer Leinenknöpfe. Zu Stefan sagten sie kein Wort, weder als er auf seinem Stuhl saß und einen Seufzer nach dem anderen ausstieß, noch als er aufstand und hinausging.

Als es dämmerte, kam Mutter in die Küche hinaus. Sie wusch sich das Gesicht und kämmte sich. Dann zog sie den Mantel an und band ein Tuch um den Kopf.

»Seid jetzt ganz brav, Kinder«, sagte sie. »Geht am besten ins Bett.«

»Wohin gehst du, Mutter?«

»Ich will versuchen, etwas zu verkaufen.«

»Was denn? Und wem willst du das verkaufen?«

Mutter überlegte kurz, dann sagte sie: »Ich werde eine kleine Sache verkaufen, an die ich lange nicht gedacht habe...«

»Aber doch nichts von dem, was Vater mitgebracht hat?« fragte Sanna. »Was er vermissen wird? Die Schnecken doch nicht, oder?«

»Nein, nein«, sagte Mutter. »Etwas, das ich geerbt habe. Und ich weiß noch nicht, ob ich Käufer dafür finde. Ich muß vielleicht zum Hafen hinunter. Vielleicht bleibe ich lange weg. Also – seid lieb. Wenn jemand nach mir fragt, sagt nur, ich mache einen Osterbesuch...«

Sie aßen den übriggebliebenen, aufgewärmten Reisbrei und die restliche Pflaumensuppe dazu. Stefan kam mit düsterer Miene hereingestapft, und sie bemühten sich, lieb zu ihm zu sein, als ob er krank wäre. Aber er stöhnte nur und aß und schien sie gar nicht wahrzunehmen. Kaum hatte er den letzten Bissen geschluckt, als er aufstand und wieder hinausging.

Die Mädchen wuschen das Geschirr ab. Den letzten Reisbreirest ließen sie auf dem Herd, damit er so lange wie möglich warm blieb, dann stellten sie einen einsamen Teller für Mutter auf den Tisch. Sie halfen Vater, ins Bett zu gehen. Und dann fiel ihnen nichts mehr ein, was sie tun könnten. Also krochen sie in ihr Ausziehsofa und zogen sich die Bettdecke über den Kopf.

Silja träumte unruhig, sie wachte unzählige Male in der Dunkelheit auf. Schließlich wachte sie auf, und es war hell, die Sonne war wieder da, rot wie eine Rhabarberknospe. Der braune Marmeladetopf stand wie immer auf dem Schrank. Silja schlängelte sich aus dem Bett und huschte hinüber, um festzustellen, ob Mutter Glück gehabt hatte. Das scheint sie gehabt zu haben. Es klirrte und prasselte in dem Topf. Sehr erleichtert und gleichzeitig betrübt kroch sie in die Bettwärme zurück. Sie versuchte, an den goldenen Wald zu denken, aber statt dessen kamen ihre Gedanken immer wieder auf Frau Sola zurück. Frau Sola hatte viele Kinder gehabt. Sie lebte zu jener Zeit, als Tulavall die Hauptstadt eines eigenen selbständigen Reiches war, das zu keinem der umliegenden mächtigeren Länder gehörte.

9. Der befreite Wind

Nach dem strahlenden, sonnigen Osterwetter wurde es erneut kalt und unfreundlich. Eines Morgens, als sie in die Schule wollten, fand Sissela eine tote Amsel im Hof. Sie begruben sie hinter dem Holzplatz, wo die Erde schon weich war. Sissela weinte, und an jenem Tag kamen sie zu spät.

Und als sie sich am späten Nachmittag wieder auf den Heimweg machten, mußten sie sich durch eisigen Gegenwind kämpfen, der aus eisgrauen Wolkenwüsten kam, sie schlitterten und stolperten über zugefrorene Pfützen und holprige Eiswälle. Ab und zu blieben sie stehen und wischten sich die Nase und sahen sich um. Aber Bonadea, auf die sie gewartet hatten, kam wie üblich aus einer unerwarteten Richtung, lachend und mit einer

Laterne in der Hand, die Haare wie Striemen übers Gesicht geweht.

»Wo ist Frau Frida Gackeling denn heute?« piepste Sissela.

»Daheim, so einen Gegenfederwind kann sie nicht leiden. Kommt, wir rennen!« Silja und Sissela nahmen sie an der Hand, Sanna, die die Schulbücher trug, kam hinterher; so rannten sie um die Ecke der Roßtäuschergasse und weiter, immer weiter, bis ihnen der viele Gegenwind, der in sie hineinblies, den Atem verschlug.

»Stefan wollte nach Ziegenhausen, um für uns Holz zu holen, eine ganze Schlittenfuhre voll«, erzählte Silja, »für ihn ist es eigentlich nur gut, daß es wieder gefroren hat, da läßt sich der Schlitten leichter ziehen.«

»Gestern bin ich diesem Bleuler begegnet«, sagte Bonadea und wurde plötzlich ganz rot. »Er kam mit einer Schlittenfuhre zu Solanders. Der Hof dort ist schon schneefrei, und das Pferd mußte sich schinden, bis es schweißgebadet war – ihr wißt, dieser zottige alte Gaul, den er Bärenfutter nennt –, aber es kam nicht vom Fleck, und da hat der Bleuler es gepeitscht, und wie er es gepeitscht hat!«

»Aber was konntest du denn dagegen tun?« fragte Sanna.

»Ich bin auf ihn losgegangen«, erzählte Bonadea. »Wir haben uns da auf dem Hof gegenseitig angeschrien. Er hat nur gegrinst. Ich sagte, ich würde die Polizei holen. ›Hol sie nur!‹ sagte er. Da bin ich davongelaufen und habe unten auf dem Marktplatz Brasse erwischt.«

»Und was hat der gesagt?«

»Er fragte, ob der Bleuler einen Spaten hätte. Das hatte er nicht. Da sagte Brasse, dann müsse er sich einen ausleihen. Es sei verboten, Schlittenfuhren zu fahren, wenn man keinen Spaten dabei hat. Und dann mußte der Bleuler sich zu Solanders hineinbequemen und einen Spaten ausleihen und Schnee über den

Hof schippen, bis ein richtiger Steg aus Schnee da war, und als endlich Gleitschnee unter den Kufen war, konnte das Pferd die Fuhre spielend hinüberziehen. Aber seine Flanken waren ganz gestreift.« Bonadea zog zischend die Luft ein. »Am liebsten würde ich alle klapprigen alten Gäule, die ich kenne, auf Grusas Weide bringen, um sie dort weiden zu lassen. Ich kenne mindestens drei.«

Sie zählte sie an den Fingern auf: »Den Trabebrav des Oberlotsen, Bleulers Bärenfutter, und dann Grusas alte Ziehundschlapp...«

»Wird in der Stadt über Krulle gesprochen?« fragte Sanna.

»Ja«, sagte Bonadea. »Alles mögliche. Über Krulles Schwester, die jetzt mit ihren Kindern in Krulles Haus wohnt. Seltsame Sachen bekommt man zu hören, aber nichts, das der Wahrheit entspricht.«

»Mutter ist den ganzen Tag bei Frau Junia gewesen, dort ist heute ein Fest...«

»Vielleicht bringt sie uns heute abend etwas Gutes mit«, hoffte Sissela. »Oder eine Blume. Frau Junia hat auch ein Treibhaus, aber natürlich kein so schönes wie Murresterns...«

Bonadea fragte: »Habt ihr schon die Geschichte von Großschwarzmanns Niklas' Handel mit der Murrestern gehört? Also, das war so: Im Herbst kam er sehr geheimnisvoll bei ihr an und brachte ihr ein Paket Wurzelknollen in Torfmull, er behauptete, er habe sie im Hafen bekommen. Auf dem Paket war ein Etikett, auf dem mit zierlicher Handschrift geschrieben stand: ›Prachtvolle vieljährige Zierpflanze, anspruchslos und selbstvermehrend, wächst in jedem Boden, reiche Blüte von Mai bis September, Farbe goldgelb.‹ Und dann verkaufte er der Baronin das ganze Paket, und sie pflanzte die Wurzeln in ein eigenes Beet im Treibhaus und erteilte dem Gärtner strenge Order, ihnen die allerbeste Pflege zukommen zu lassen, und jetzt im

Frühjahr sollten sie zu beiden Seiten der Villa Murrestern in Reihen ausgepflanzt werden, und sie freute sich schon, als sie daran dachte, wie neidisch alle in der Stadt werden würden...«

»Und was waren es dann für Blumen?« brüllte Sanna durch den Wind.

»Alle Wurzeln schlugen an«, fuhr Bonadea fort. »Sie wuchsen und gediehen, und als die Tage heller wurden, bekamen sie Knospen, und auf ihrem großen Osterball gab die Baronin mächtig damit an und führte die ganze feine Gesellschaft nach dem Essen ins Gewächshaus, um die Pflanzen anzuschauen, und da waren die ersten Blüten gerade aufgegangen –«

»Und was für welche waren es?«

Bonadea lachte so sehr, daß sie stehenbleiben mußte, bevor sie antworten konnte: »Es war Löwenzahn!«

Als sie in den Poltershof traten, hörten sie auf zu lachen. In letzter Zeit waren sie immer ernst, wenn sie nach Hause kamen. Stefan ging wie vorher zu seiner Arbeit in Hoppes Laden, aber er brachte ihnen keine Rosinen mehr mit und auch keine einzelne Mandeln, die er auf dem Boden gefunden hatte. Mutter hatte von Base Preiselbehr große Säcke voller Teppichflicken bekommen, die sie gegen Entgelt in Streifen schneiden sollte, und die Mädchen halfen ihr soviel wie möglich dabei. Es war eine staubige und ermüdende Arbeit. Aber ab und zu erzählte Vater ihnen dabei Märchen.

»Glaubt ihr, daß er heute von den Prinzessinnen erzählt? Von Merula und Mira und Marinina?«

»Das kann man nie vorher wissen. Es ist sowohl gut als auch ärgerlich, daß man das nie vorher wissen kann.«

Sie stampften draußen den Schnee von den Füßen und gingen hinein. In der Küche war es ganz kalt, und das graue Tageslicht begann schon in Dämmerung überzugehen.

»Dieser gemeine Kerl«, sagte Sanna über ihren Bruder, »er hätte wirklich Feuer im Herd anmachen können, er wußte doch ganz genau, daß Mutter bei Frau Junia ist, und Hoppe hat ihm heute vormittag extra freigegeben.« Sie kommandierte Silja und Sissela in den Holzschuppen hinaus. Sie selbst kniete vor dem Herd nieder und scharrte das Feuerloch aus. Die Asche wirbelte grau wie Dämmerung um sie hoch. Bonadea tastete in der Holzkiste, aber die war ganz leer.

»Vielleicht in der Kammer«, schlug Sanna vor, und Bonadea sah nach. Aber auch dort war kein Holz.

»Wo ist dein Vater?« fragte sie.

»Ist er nicht da?« fragte Sanna erstaunt. Sie spähte über Bonadeas Schulter. »Doch, natürlich ist er da, aber er hat sich in seine Winterhöhle zurückgezogen«, sagte sie leise. Und jetzt sah Bonadea in dem großen Doppelbett mit dem geschnitzten Kopfende einen zusammengekauerten Haufen.

»Das macht er immer, wenn er friert«, erklärte Sanna.

Silja und Sissela kamen wieder hereingestolpert. »Der Holzschuppen ist ganz leer«, flüsterten sie entsetzt, als ob sie daran schuld wären. »Er ist ganz leer. Nur die Axt und die Säge und der Hackklötz sind noch da.«

»Dann ist Stefan noch nicht zurückgekommen«, sagte Sanna mißvergnügt. »Und dabei hätte er doch schon heute morgen gehen sollen.«

»Der große Schlitten ist auch noch da«, flüsterte Silja. »Er ist überhaupt nicht fortgegangen...«

Da mußte Sanna sich hinsetzen. Auf einmal schwitzte sie vor Angst, und ihr wurde ganz schwindelig im Kopf. Stefan war nicht nach Ziegenhausen gegangen, um Holz zu holen. Und die Kälte im Haus verwandelte sich von einer mehr oder weniger natürlichen Sache, die sie bald ändern würden, in etwas Schreckliches. Und der eisige Wind, der durch alle Ritzen hereinblies, wurde zu einer feindlichen Heerschar, unsichtbar und furchteinflößend, der sie ohne Holz und ohne Feuer machtlos ausgeliefert waren.

Sanna stellte sich den Weg nach Ziegenhausen vor. Es lag zu wenig Schnee, sie würden es nie schaffen, die schwere Fuhre nach Hause zu schleppen.

Silja und Sissela drängten sich in der Türe aneinander. Sie starrten Sanna mit blanken Augen an, ohne einen Gedanken fassen zu können.

Sanna sagte entschlossen: »Wir müssen mit dem dreibeinigen Schemel anfangen, holt die Axt herein.«

»Könnt ihr denn von niemand ein bißchen Holz leihen, von Blombachers zum Beispiel?« fragte Bonadea. Sie stellte ihre Laterne auf den Tisch und machte sie an. In den Augen der Mädchen gingen gelbe Funken an, aber sie schüttelten den Kopf. »Wenn der Poltersheimer erfährt, daß es uns so schlecht geht, kündigt er uns sofort...«

»Dann müßt ihr es eben von jemand anderem leihen«, sagte Bonadea. »Kommt, ich weiß etwas, wir gehen zu Fräulein Krysantem; aus ihrem Holzschuppen dürfen wir Holz leihen, ich sage ihr einfach, daß es für mich ist, dann braucht niemand sonst etwas davon zu erfahren.«

Sanna sah zu Boden und überlegte. Dann nickte sie und schickte ihre kleinen Schwestern wieder in den Holzschuppen hinaus, um dort Rindenspäne und Holzsplitter vom Boden aufzulesen. Ungeschickt hockten sie da und pulten mit ihren Fausthandschuhen auf dem Boden herum, und Sanna trieb sie zur Eile an, damit es ihnen warm wurde, bis die beiden Kleinen voller Zorn zurückschimpften und fast in Tränen ausbrachen. Dann nahm sie den großen Lastenschlitten und machte sich mit Bonadea auf den Weg.

Sie stemmten die Absätze in die glatte, vereiste Fahrbahn,

senkten die Köpfe im Wind und zogen. Durch die Dunkelheit hallte gewaltiges Hundegebell, und die Dämmerung schien durch das dumpfe Geräusch schlagartig noch dunkler zu werden. Nur wenige Menschen waren unterwegs.

»Das ist Rulles Bella«, sagte Bonadea. »Die scheint manchmal zu glauben, daß sie eine Kirchenglocke im Hals hat...«

Endlich waren sie oben auf dem Wachberg angelangt, bei dem windschiefen Haus, in dem Fräulein Krysantem im allerobersten Stock wohnte. In ihrem Zimmer war es dunkel. Sie war nicht daheim. Die wilden Katzen, die in der Gegend wohnten, huschten wie Schatten davon. Bonadea öffnete mit gewohnter Hand die Tür des Holzschuppens und hielt ihre Laterne hoch. Und da sahen sie etwas, auf das sie ganz und gar nicht vorbereitet gewesen waren, nämlich, daß auch Fräulein Krysantems Holzvorrat zu Ende ging. Bonadea runzelte die Stirn und biß sich auf die Lippen, und Sanna sah, wie sie plötzlich rot und heiß wurde.

Sanna stieß einen hoffnungslosen Seufzer aus, sagte aber nichts. Bonadea ging weiter hinein. Ihr Schatten breitete sich aus, tauchte in alle Ecken und verdeckte die Sicht. Dann lachte sie plötzlich laut auf und rief: »Komm her und pack zu!« und marschierte an Sanna vorbei hinaus, den Arm voller Bretterreste, knorriger Stumpen, Plankenstücke, Äste, – alles grau und alt, wie poliert.

»Aber das ist doch dein Treibholz!« wandte Sanna ein. »Damit wolltest du dir doch ein Haus bauen.«

»Aber heizen kann man trotzdem damit«, sagte Bonadea ungeduldig. »Komm jetzt, ich möchte schnell zu euch nach Hause und ein Feuer anmachen und Märchen hören.«

»Es ist nicht gesagt, daß er heute abend etwas erzählt, das weiß man nie im voraus«, sagte Sanna. Und unter erneutem Seufzen half sie Bonadea alles, was da war, aufzuladen. Sie schlangen das Seil um die Fuhre, stemmten sich gegen den Schlitten und schoben.

Wo die Straße vereist war, sausten sie hinunter, und wo der Boden hervorschaute, blieb der Schlitten mit lautem Knirschen so jäh stehen, daß die Mädchen nach vorn fuhren und die Schlittenstangen, die an allen vier Ecken hochragten und zum Festhalten der Last dienten, in den Bauch bekamen. Als der alte Erik Mildh ihnen schwankend entgegenkam, schrien sie lauthals »Aus der Bahn!« Dann blieben sie in einem Sandhaufen stecken, und als Sanna am Seil zerrte, fuhr der Schlitten mit so überraschender Geschwindigkeit wieder heraus, daß sie umfiel und ein Bein unter die Kufe bekam. Ihre Finger schmerzten, als sie endlich nach Hause kamen.

Dann schleppten sie gemeinsam alles Holz in die Küche. Bonadea lief in den Holzschuppen hinaus, um Axt und Säge zu holen. Vor dem Herd lag der klägliche Haufen Späne, den die beiden Kleinen zusammengeklaubt hatten, sie selbst kauerten geduldig und elend im Sofa. Sie hatten alle Kleider angezogen, die sie hatten, und versuchten die Hände an der Katze zu wärmen.

Aber als Sanna das Feuer in Gang gebracht hatte, war es, als wäre die Sonne aufgegangen. Im Kachelofen machten sie ebenfalls ein Feuer. Bonadea schleppte Holz und sägte aus Leibeskräften, ihr war schon ganz heiß, bevor das Kaffeewasser überhaupt zu kochen anfing. Dann verquirlten sie Roggenmehl im Grützentopf und legten Heringe auf den Rost. Sie stießen sich gegenseitig freundlich in die Seite und lachten und aßen Brot mit Hagebuttenmus, während sie Handschuhe und Socken zum Trocknen aufhängten und Sägespäne zusammenfegten.

Die Scheiben knackten im Wind. Und es war, als ob die Bilder, die Vater auf die Kammertür und auf den Kachelofen gemalt hatte, aufflammten und sich über die Wände und die Decke ausbreiteten. Schattenlichter schaukelten mit flatternden Schwänzen auf und ab, der Feuerschein leuchtete goldapfelhell und rosenblütenrot mit herabregnenden blauen und grünen Funken, die sich wie im schwarzen Wasser in den Fenstern spiegelten und den ganzen dunklen Abend draußen vor den Scheiben erfüllten. Und die Mädchen wärmten ihre Glieder und hielten ihre Handflächen und Röcke wie Segel gegen die Hitze. Bald würde es etwas zu essen geben. Stefan hatten sie ganz und gar vergessen. Sie waren wunschlos glücklich.

Als sie dann nebeneinander auf der Bank saßen, die sie an den Herd herangezogen hatten, und aus den gestreiften Schüsseln ihren Brei aßen und dazu gerösteten Hering zwischen doppelten Brotscheiben, merkten sie plötzlich, daß Vater in der Kammertür stand, mit einem zerstreuten, milden Lächeln auf den Lippen. Sie rückten zusammen, um ihm auch einen Platz an der Wärme zu bereiten, füllten seine Schüssel mit Brei und sahen zu, wie er bedächtig zu essen begann. Und dann, als der Brei alle war, begann er langsam zu erzählen.

Sanna nahm ihm die Schüssel aus der Hand und gab ihm einen Becher mit Kaffee. Er blies auf den Kaffee und trank ihn in kleinen Schlucken. Und zwischen den Schlucken fuhr er fort zu sprechen, so leise, daß sie sich mit angehaltenem Atem vorbeugen mußten.

»Handelt es von den Prinzessinnen?« flüsterte Sissela.

Die Märchen von den Prinzessinnen konnten ganz verschieden anfangen. Diesmal begann das Märchen mit einer Entdekkungsreise zum Erdpol.

Überall herrscht eisige Nacht, und schwarze bellende Hunde stürmen über das Eis, Hunde mit peitschenden Mähnen und Schwänzen, und aus ihrem Pelz sprühen blaue und grüne Funken. Die Eisberge stoßen mit lautem Krachen aneinander. Und die Menschen, die den Erdpol entdecken wollen, wandern und wandern, sie halten zusammen und verlieren nicht einmal dann den Mut, als sie von den breitgeflügelten Meerespferden angegriffen werden, die Adlern ähnlich sehen, mit Schnäbeln und Klauen aus Gold...

Und schließlich nehmen die Erdpolsucher eine eigenartige helle Wölbung am Horizont wahr, die wie Land aussieht...

Sanna legte behutsam mehr Holz ins Feuer. Bei jedem Holzstück, das Sanna in die Glut schob, erinnerte sich Bonadea daran, wo sie es gesammelt hatte – weit hinten am Ende der Welt, oder in Joakims Bucht...

»Jetzt verheizen wir dein Haus«, flüsterte Silja ihr zu.

»Wir verwandeln es in Märchen«, flüsterte Bonadea zurück. »Das ist besser, denn Märchen dauern länger und brauchen weniger Platz.«

»Ich glaube, diesmal handelt es nicht von den Prinzessinnen«, flüsterte Sanna. »Schenk Vater noch etwas Kaffee ein, Silja, er streckt den Becher aus.«

Das Märchen bewegte sich auf hellere Zeiten zu. Jetzt sprach Vater mit deutlicherer Stimme. Plötzlich begriffen die Mädchen, daß er von ihrer eigenen Stadt sprach, von Menschen, die sie kannten. Sie setzten sich bequemer hin und lauschten gespannt.

»Es war einmal ein kleiner Bub, der hatte einen Hund, der Hund war groß und ganz schwarz. Und eines Tages im Frühjahr gingen sie über den Marktplatz, und da sahen sie eine Schachtel auf der Erde liegen. Und neugierig, wie sie waren, wollten sie hineinschauen, aber die Schachtel war mit so merkwürdig verknoteten Schnüren zugebunden. Und als die anderen Kinder, die auf dem Marktplatz spielten, sahen, daß der Bub stehenblieb, kamen sie aus allen Ecken angerannt und scharten sich um ihn. Und als der Polizist Brasse die ganze

Schar sah, glaubte er, da wären sich welche in die Haare geraten, also ging er auch hin, und da kamen alle Weibsbilder und Frauenzimmer angerannt, um nachzusehen, was er mit ihren Kindern vorhatte, – und da kamen natürlich auch alle Mannsbilder, um nachzusehen, was los war, und so war der Marktplatz plötzlich voller Leute, und das, obwohl an jenem Tag gar kein Markt war...

Mitten in der Kinderschar lag die Schachtel, und alle wußten, wem sie gehörte. In allen Ecken hatte sie gestempelte Siegel. Aber auch ohne die Siegel anzuschauen, hätten sie gewußt, daß die Schachtel Turiam gehörte. Und Turiam in dem alten Gripanderschen Hof, den fürchteten sie alle.

Aber gleichzeitig waren sie so herzensneugierig. Daher durfte einer der Jungen ungehindert sein Messer nehmen und die Schnüre durchschneiden. Und dann flog der Deckel ab, und zuerst konnte niemand auch nur eine Hühnerfeder in der Schachtel sehen, doch dann fuhr etwas heraus, das wie ein großes Seidenpapier aussah und sich prasselnd ausbreitete und sich wie ein Segel blähte. Mit einem so heftigen Windstoß, daß viele der Länge nach hinstürzten, hob es ab und verschwand in der Höhe und nahm alle Kinder mit, bis auf eines, und das war ein Mädchen mit einem Kranz aus Löwenzahnblüten im Haar.

Nun, sobald sie wieder zu Atem gekommen waren, begannen alle Leute zu jammern und zu weinen. Und da kam die Wäscherin aus dem Westerhain, wo sie ihre Wäsche zwischen den Bäumen aufgehängt hatte, und drängte sich durch die Menge, bis sie an den leeren Platz in der Mitte kam. Und dann sagte sie zu dem Kind, das übriggeblieben war: ›O jemine, was ist denn nur tatsächlich geschehen? Ich stand mit dem Rücken zum Marktplatz und hängte die Hemden des Bürgermeisters auf, daher habe ich nichts gesehen.‹

Da zeigte das Mädchen, das noch übrig war, auf die Schachtel mit den Schnurresten, und ihre Finger waren voller Löwenzahnflecken, und auf ihrem rotkarierten Kleid hatte sie ebenfalls Löwenzahnflecken.

›Auwei, auwei, ihr lieben Leute, da seid ihr aber zu neugierig gewesen‹, sagte die Alte. Das Mädchen erklärte, sie hätten nur ein wenig hineinschauen wollen. Und da sagte die Alte, sie sei schon lange der Meinung, daß Turiam reichlich nachlässig und leichtsinnig mit seinen Sachen umginge, und sie habe ihm das auch schon häufig gesagt, doch da sei er immer nur bitterböse geworden.

Plötzlich ertönten polternde Schritte, die den ganzen Marktplatz zum Erzittern brachten, und alle wußten, daß es Turiam war, der da kam. Er starrte sie mit seinen stechenden Augen an, daß ihnen so richtig angst und bang wurde. Und als er die Schachtel und die Schnurreste erblickte, stampfte er, und gleich wuchsen da, wo er gestampft hatte, Disteln und Nesseln hoch.

›Wer hat den Deckel meiner Schachtel aufgemacht?‹ fragte er, aber niemand wagte zu antworten, und der eigentliche Täter war ja auch gar nicht mehr da.

Da wurde er fuchsteufelswild und begann zu brüllen und zu toben.

Da stampfte die Wäscherin ebenfalls, aber nur ganz leicht, und dort, wo sie gestampft hatte, wuchsen sogleich Löwenzahn und Hahnenfuß.

›Unterstehen Sie sich, so fuchsteufelswild zu toben‹, sagte sie zu Turiam. ›Kinder sind von Anbeginn an neugierig, und wenn Sie Ihre Sachen so herumliegen lassen, haben Sie es sich selbst zuzuschreiben, und das wissen Sie auch.‹

›Kinder sind nichts als eine einzige Plage, das weiß ich!‹ brüllte Turiam weiter. ›Sie haben meinen Wind befreit! Sie haben meine Berechnungen umgeworfen! Sie haben mir die Sicherheit meines Alters und mein Glück gestohlen!‹

Doch da antwortete die Wäscherin mit Schärfe: ›Wenn ein Wind in der Schachtel war, haben die Kinder ganz recht gehandelt, als sie ihn herausließen. Winde darf man nicht fangen, ich hätte ihn höchstpersönlich befreit, wenn ich ihn gefunden hätte.‹

Als sie sich in der Menge umsah, murmelten alle und stimmten ihr zu. Aber Turiam fauchte unbeherrscht:

›Ihr wißt nicht, wovon ihr sprecht! Ihr wißt nicht, wie nützlich solche gefangene Winde sind...« Und dabei durchbohrte er die Menge mit Blicken, bis die Leute sagten: ›Erzählen Sie...‹

›Man kann sie vor Mühlen spannen‹, sagte Turiam, ›und sie Getreide mahlen lassen, wann immer man will...‹

Da sahen sie zu der alten Mühle oben auf dem Wachberg hinauf. ›Man kann sie vor Schiffe spannen, die sie dann überall hinziehen müssen...‹

Da sahen sie zum Hafen hinunter und begannen untereinander zu seufzen und zu murmeln.

›Ihr seid dumm, daß ihr ihm überhaupt zuhört‹, sagte die Wäscherin ungeduldig. ›Herr Turiam hat sich das schlau ausgedacht: er will den ganzen Schwarm gefangener Winde bei sich behalten und sie je nach seinem Belieben vermieten, und damit wird er viel Geld verdienen, und eine Zeitlang wird es bestimmt auch gut gehen. Aber was glaubt ihr wohl, was passieren wird, wenn der König der Winde davon erfährt und herkommt, um sein Volk zu befreien? Ihr habt ja gesehen, was geschah, als nur ein kleiner Wind freikam!‹

Da entstand dort auf dem Marktplatz lautes Lärmen und Geschrei, und alle, die ihre Kinder verloren hatten, weinten und weinten. Turiam war so zornig, daß er wie ein rechter Grobian lachte und sagte, sein einziger Trost sei, daß alle Kinder aus der Stadt verschwunden seien, jetzt müsse er sie wenigstens nicht mehr sehen. Und dann wollte er gehen. Aber die Wäscherin trappelte hastig erneut mit den Füßen, und da wuchs das Unkraut Quendelseide zwischen den Steinen hoch und wand sich um Turiams Beine. Und sie sagte: ›Ich dächte doch, daß Sie als so tüchtiger Windfänger das Mädchen und mich begleiten sollten, um die Kinder heimzuholen.‹

Das wollte Turiam nun auf keinen Fall. Doch das Volk drohte ihm von allen Seiten, also mußte er wohl oder übel doch einwilligen. Die Wäscherin ging zu dem alten Brunnen am Rathaus hinüber, und alle kamen mit, auch das Mädchen mit dem Löwenzahnkranz und dem rotkarierten Kleid. Und die Wäscherin beugte sich über den Brunnen und stützte sich mit beiden Händen auf und schaute in das schwarze Wasser hinunter, und dann pfiff sie und wartete und pfiff wieder, und schließlich war da etwas, das sich bewegte und aus einer Ritze oberhalb des Wassers hervorkroch. Es war ein Tier, aber niemand wußte, was für eine Art von Tier. Es hatte einen Schwanz wie eine Schlange und Krallenpfoten. Fühler, Hörner und Stacheln standen von seinem Körper ab. Nun gut, als es endlich auf den Brunnenrand heraufkam, sahen sie, daß es eine Art Drache war, und da bekamen sie wieder Angst. Aber er war nicht größer als eine Katze und kroch auf den Arm der Wäscherin hinauf.

Die meisten werden nicht wissen, daß Drachen – nicht alle Arten, aber diese Art – den ganzen Winter über tief unten in der Erde leben, im Frühling aber kriechen sie durch Risse und Löcher herauf und breiten die Flügel aus und schwingen sich hinauf in die Luft und leben den ganzen Sommer zwischen den Wolken und Winden.

Dann sagte die Wäscherin: ›Laßt uns den Berg hinaufgehen!‹

Sie gingen hinauf.

Den Herrn Turiam führte sie an den Unkrautschlingen mit, er hatte also keine Wahl, sondern mußte mitkommen.

Auf dem Gipfel des Berges blieb die Wäscherin stehen, um zu

verschnaufen, und der Drache wandte seinen Kopf in alle Richtungen und begann zu wachsen und wurde groß und leicht und voller Leben, bis man deutlich erkennen konnte, daß er genau die Art von Drache war, die es früher so häufig in China gab.

›Na, komm schon‹, sagte die Wäscherin und kroch auf den Rücken des Drachens hinauf, das Mädchen kam hinterher, und Turiam mußte sich auch hinaufbequemen.

Wolken und Nebelschwaden kamen angeschwebt, schön und seltsam, und der Drache tauchte durch sie hindurch und schwang sich wieder hinauf und machte sich lang und schmal und spielte zwischen den Wolken. Als sie sich umschauten, glaubten sie auch noch andere Drachen zu sehen, allerdings weiter entfernt. Und sie stiegen noch höher hinauf, und da sahen sie lange Schleier von dieser feinen, faserigen Art, die an Spitzen erinnert. Und als sie sich einer Wolke näherten, die so groß war wie eine ganze Insel oder ein Bergmassiv, sahen sie, daß es *tatsächlich* Spitzen waren. Am Rand der Wolkeninsel saßen Mädchen, ein schönes und ein noch schöneres und ein ganz besonders schönes, die alle drei Spitzen klöppelten, und die fertigen Spitzen wurden nach und nach in den Himmel hinausgeblasen.

Hier gingen sie an Land.

Und obwohl die Insel so fest war, daß man sie betreten konnte, war sie dennoch irgendwie schwankend und wechselte unaufhörlich ihre Gestalt. Große Bäume kamen da angeglitten, und während die drei Reisenden hinschauten, lösten sich ganze Berge in nichts auf. Zwischendurch wurde es auch ganz neblig. Die Wäscherin ging zu den Mädchen hin und fragte sie, ob sie einen Wind mit einer Menge Kinder im Arm gesehen hätten. Da hörten sie auf zu klöppeln und begannen zu überlegen und zu bereden, ob sie wohl etwas gesehen haben könnten.

Turiam wiederum fand diese Spitzen einfach zu schön, die

hätte er gern mit auf die Erde genommen und dort verkauft, dafür konnte man einen schönen Batzen Geld bekommen.

Dann sagten die Mädchen, daß sie tatsächlich etwas Seltsames gesehen hätten, sie hätten aber geglaubt, es sei eine neue Art von Regenbogen. Er sei gen Osten gefahren, sagten sie, daher hätten sie angenommen, er wolle zum König.

Die Wäscherin bedankte und verabschiedete sich. Aber Turiam war so von der Arbeit der Mädchen gebannt, daß er ein Gespräch mit ihnen begann und sie fragte, warum sie sich so unnötig abmühten, und während er sprach, zeigte er in die Luft hinaus, wo die Spitzen sich auflösten und zu Wolken wurden.

Die Mädchen lächelten nur und sagten, das Klöppeln bereite ihnen so viel Freude, für sie sei es das Schönste auf der Welt. Es mache ihnen nichts aus, daß die Spitzen verschwänden, erklärten sie, da sie ja die ganze Zeit neue klöppelten.

Turiam sprach davon, daß er ihnen haltbaren Faden von der Erde besorgen wolle und dann werde er sie als Klöpplerinnen in seine Dienste nehmen.

Die Wäscherin hörte eine Zeitlang zu, dann lachte sie und sagte, daß sie nichts dagegen habe, wenn er bei den Mädchen bleiben wolle. Dann schlug der Drache mit den Hinterfüßen aus und schwang sich mit der Wäscherin und dem Mädchen auf dem Rücken wieder in die Luft hinaus.

Nachdem sie schließlich unglaublich weit gereist waren, kamen sie an einen großen, steilen Berg, der aus purem roten Gold bestand. Die Wäscherin begann an sich herumzuzupfen und ihre Kleidung so gut es ging in Ordnung zu bringen und strich sich und dem Mädchen die Haare glatt.

›Jetzt müssen wir nämlich vor die große Königin treten‹, erklärte sie. Der Drache sauste wie ein pfeifender Pfeil durch die Lüfte, und das letzte Stück breitete er seine großen Flügel aus und segelte wie ein Schiff.

Nun landeten sie also zu Füßen der Königin, und die Königin sah auch ein wenig wie ein Drache aus, um ihr Haar flammte Feuerschein. Aber sonst war sie so wunderschön, daß einem schwindelig wurde, und ihr Gewand war ebenfalls aus purem roten Gold. In dem goldenen Felsen hatte sie eine Art Schmiede, in der sie Gewitterpfeile und Blitze und das prachtvolle Wetterleuchten schmiedete. Das Mädchen hielt die Wäscherin hinten am Rock fest und fand, daß die Königin so aussah, als hätte sie alle Kinder unzerkaut verschlingen können und den Wind dazu. Sie hörte die Wäscherin und die Königin miteinander reden, die Worte konnte sie aber nicht verstehen.

Hinter dem Berg war schwarze Nacht, und als die Wäscherin und die Königin fertig geredet hatten, nahm die Wäscherin das Mädchen an der Hand und dann marschierten sie dort hinüber. Und dort zwischen den Sternen hörten sie Gelächter und Rufe, und das Mädchen erkannte die Stimmen und wurde sehr froh.

›Jetzt sollst du erfahren, warum ich dich mitgenommen habe‹, sagte die Wäscherin. ›Du bist die einzige, die weiß, wie alle Kinder in der ganzen Schar heißen, da du mit ihnen allen gespielt hast. Jetzt mußt du die Namen aufrufen, einen nach dem anderen, und du darfst keinen einzigen vergessen, denn wen du vergißt, der bleibt im Dunkeln zurück.‹

Das Mädchen holte tief Luft und begann dann zu rufen. Es rief alle Namen einen nach dem anderen auf, und alle Kinder antworteten und kamen aus der Dunkelheit heraus, mit ganz roten Backen, da sie es so schön gehabt hatten.

Die Wäscherin reihte sie alle miteinander auf dem Rücken des Drachen auf, und dann sprang er in die Luft hinaus, daß es nur so rauschte, und so kamen sie alle wieder gut nach Hause. Der Löwenzahnkranz wurde allerdings vom Kopf des Mädchens fortgeweht, das machte aber nichts, sagte sie, er war sowieso welk geworden. Und auch sonst hätte es nichts ausgemacht, aber jetzt wurde er bis zu Turiam im Wolkenland geweht, und als Turiam ihn sah, bekam er wieder Sehnsucht nach dem Irdischen.

Dann landete der Drache auf dem Marktplatz, inzwischen war es schon spät am Abend. Und da ging ein großes Küssen und Umarmen und Weinen los. Und alle gingen heim in ihre Häuser und zündeten hinter den Fensterscheiben Lampen und Kerzen an. Und in der Zeitungsredaktion war es besonders lang hell. Der Redakteur zerbrach sich nämlich den Kopf, was er jetzt eigentlich über das ganze Ereignis schreiben sollte. Und der Drache brauste wieder davon in die Lüfte.

Auf dem Marktplatz waren nur die Wäscherin und das Mädchen zurückgeblieben.

›Na, willst du jetzt nicht nach Hause gehen?‹ fragte die Wäscherin, aber das Mädchen sagte, es sei schon zu Hause, es wohne nämlich überall in der Stadt und nicht nur an einem Fleck wie die meisten anderen Leute. Dann sagten sie sich gute Nacht, und die Wäscherin ging nach Hause. Aber wohin das Mädchen ging, das weiß niemand, und man weiß auch nicht, ob es jemanden traf, mit dem es zusammen sein konnte. Es war nämlich ein ganz ungewöhnlich geheimnisvolles Mädchen.«

»Das war ein schönes Märchen«, sagte Sissela.

Aber Sanna meinte: »Ich finde es schade, daß das Mädchen nicht mit der Wäscherin nach Hause ging und wenigstens bei ihr zu Abend aß...«

»Ich auch«, sagte Sissela. Silja und Bonadea fanden es gut, so wie es war und –, aber bevor sie weitersprechen konnten, stapfte jemand auf der Treppe, und Stefan kam herein.

Er kam mit ruhigen Schritten, ohne wie früher zu stolpern, und er drückte sich auch nicht zur Tür herein, wie nach der unglückseligen Geschichte mit Hoppes Ladenkasse.

»Wo ist Mutter?« fragte er.

Sanna antwortete: »Bei Frau Junia, dort ist ein Fest.«

Während sie unterwegs gewesen waren, um Holz zu holen, und vor allem während sie sich auf dem Heimweg abgeplackt hatten, hatte Sanna sich ausgemalt, wie sie Stefan ausschimpfen wollte. Wie ein feuerspeiender Berg hatte sie über ihn herfallen wollen. Aber jetzt war sie warm und satt und hatte den Kopf voll ganz anderer Gedanken. Sie runzelte die Stirn und bemühte sich, möglichst scharf zu klingen: »Wo bist du gewesen?«

Er erwiderte: »Gibt es etwas zu essen?«

Während er den Grützetopf auskratzte und den letzten Kaffeerest hinunterkippte, sagte er: »Ich bin unterwegs gewesen...« Dann hörte er plötzlich auf zu kauen. Erschrocken sah er sie an. »Woher habt ihr denn Holz bekommen? Ich habe ja vergessen...«

Sanna hatte das Gefühl, als stünde sie auf einer Waage – erst kippte sie in die Richtung ihres Zornes und dann in die Richtung des Friedens. Sie gähnte und sagte leicht von oben herab: »Wir haben es von Bonadea bekommen. Es reicht bis morgen.«

Stefan sah sie fast demütig an. »Ich habe mich nicht zum Spaß draußen herumgetrieben, wenn ihr das glaubt. Jetzt ist Schluß mit der speckigen Mütze und dem Bleistift hinterm Ohr. Ich darf bei Großschwarzmanns mit aufs Fischerboot. Seit Simon mit Krulle gefahren ist, haben sie einen Mann zuwenig.«

»Glaubst du denn, daß das gut wird?« fragte Sanna vorsichtig.

»Wenigstens ist man nicht eingesperrt«, sagte er. »Ist Milch da?«

Sanna sah im Schrank nach. Ein kleiner Schluck war noch da. Sie schenkte ihn Stefan ein. Plötzlich lächelte sie:

»Mutter meinte, sie würde heute nicht allzu spät heimkommen. Und draußen ist so abscheuliches Wetter. Du könntest ihr doch entgegen gehen.«

Als er gegangen war, sagte sie: »Ich glaube, er hat Krulle das Geld gegeben… Um ihm beim Kauf der ›Eider‹ zu helfen. Er sagte ja: Wir haben alle mitgeholfen. Im Grunde genommen ist er doch lieb, der Stefan, wenn er es sein will. Möchtest du heute nacht nicht hierbleiben, Bonadea?«

Bonadea schlüpfte schon in ihren bestickten Pelz:

»Laßt uns nach Hause gehen und den Erdpol entdecken.« Dann lachte sie: »Gute Nacht«, und war verschwunden.

Während Sanna Vater in der Kammer behilflich war und Silja Sissela beim Ausziehen half, fragte Sissela: »Wo liegt der Erdpol und wie sieht er aus? Wie ein Maulwurf, der die Schnauze herausstreckt?«

»Wie eine helle Rundung über dem Eis…«

»Wie ein Osterei?«

Aber Siljas Gedanken waren schon woanders, bei Krullasse. Ob sie wohl schon weit gekommen waren auf ihrer Flucht? Ob sie wohl über Meere hinwegglitten, die salziger waren, über Wellen, die höher waren als hier zu Hause? Sie zog das Nachthemd über den Kopf und kroch neben Sissela ins Bett. Sanna hantierte noch in der Küche herum und legte noch Holz aufs Feuer. Jetzt, da sie selbst still waren, kam ihnen das Dröhnen des Sturmes lauter vor. Der Wind pfiff in allen Ritzen und ließ den Boden unter ihnen erzittern. Doch das machte nichts. Auch wenn es ein kalter Wind war, so war es doch ein Frühlingssturm.

Morgen würden die Straßen in der Nähe des Strandes mit feinen Tangteilchen und Sand überpudert sein. Das Meer war so laut, als ob es gestiegen wäre und die Stadt überflutet hätte und jetzt durch die Goldkronengasse rauschte und gegen ihre eigenen Hauswände klatschte. Wie eine Flut war es gestiegen – dunkel in der Dunkelheit, mit glänzenden, schimmernden Streifen, Fische mit Pfauenschuppen schaukelten in den Wellen, mondäugige Meerestiere richteten sich auf und verneigten sich. Silja meinte sie fast durch das Fenster zu sehen. Doch beim Aufflammen des Feuers wurden sie von den Spiegelbildern in den Scheiben verdeckt, die dann jedesmal deutlicher wurden.

BONADEA
Das Versteck im Dach

Von Irmelin Sandman Lilius

Aus dem Schwedischen
151 Seiten, 16 Zeichnungen
von František Chochola

Dieses Buch schildert, wie Bonadea in die Stadt Tulavall gekommen ist. »Wie Pippi Langstrumpf so ist auch Bonadea ein Waisenkind, das für sich selbst sorgen muß. Damit sind die Ähnlichkeiten aber auch schon aufgezählt. Denn Bonadea hat keinen Koffer voller Goldstücke, sie muß sich ihren Lebensunterhalt selbst verdienen. Sie ist auch kein bewundertes enfant terrible, obwohl sie aus dem Waisenhaus ausgerissen ist, weil sie mit der allzu strengen Ordnung ständig in Konflikt geriet. So sucht sie Unterschlupf auf dem Dachboden einer Bäckerei und macht Botengänge für die Geschäftsleute in der kleinen Hafenstadt Tulavall, in der sie lebt. Da sie freundlich und hilfsbereit ist, hat sie immer genug zu tun und findet viele Freunde. Zwischendurch spielt sie am Strand, allein oder mit Niklas und erlebt Abenteuer, die irgendwo zwischen Märchen und Realität angesiedelt sind. Da gibt es die klugen Mäuse, die der Schneiderin Fräulein Krysantem Blumen zum Geburtstag schenken, eine Meerhexe, die Bonadea am Strand sieht, und wilde Pferde aus dem Meer. Unleugbar geht ein ganz eigener Zauber von dem Mädchen Bonadea aus, das sein Leben beherzt in die Hand nimmt und keiner Schwierigkeit ausweicht.« *Pressedienst Eselsohr*